VOYAGE AUX PAYS DU COTON

Petit précis de mondialisation

Paru dans Le Livre de Poche :

LES CHEVALIERS DU SUBJONCTIF

DERNIÈRES NOUVELLES DES OISEAUX

DEUX ÉTÉS

LA GRAMMAIRE EST UNE CHANSON DOUCE

HISTOIRE DU MONDE EN NEUF GUITARES

LONGTEMPS

MADAME BÂ

En collaboration avec Isabelle Autissier :

SALUT AU GRAND SUD

ERIK ORSENNA

de l'Académie française

Voyage aux pays du coton

Petit précis de mondialisation

FAYARD

ISBN : 978-2-253-12194-7 – 1re publication LGF

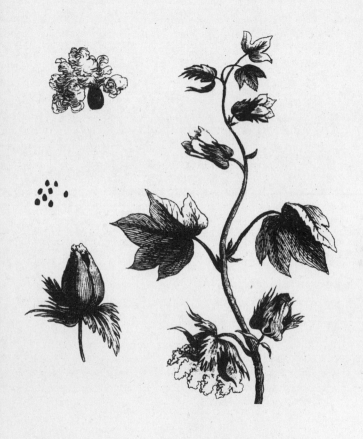

Le coton
Planche de l'*Encyclopédie* de Diderot

Pour Solange, pour André.
Avec ma gratitude et mon affection.

INTRODUCTION

Les matières premières sont les cadeaux que nous fait la Terre. Cadeaux enfouis ou cadeaux visibles. Cadeaux fossiles, cadeaux miniers qui, un jour, s'épuiseront. Ou cadeaux botaniques que le soleil et l'activité de l'homme, chaque année, renouvellent.

Les matières premières sont des cadeaux qui parlent. Il suffit d'écouter. Elles nous chuchotent toutes sortes d'histoires à l'oreille : il était une fois…, dit le pétrole ; il était une fois…, dit le blé.

Chaque matière première est un univers, avec sa mythologie, sa langue, ses guerres, ses villes, ses habitants : les bons, les méchants et les hauts en couleur. Et chaque matière première, en se racontant, raconte à sa manière la planète.

*
* *

Cette histoire-ci commence dans la nuit des temps.

Un homme qui passe remarque un arbuste dont les branches se terminent par des flocons blancs. On peut imaginer qu'il approche la main. L'espèce humaine vient de faire connaissance avec la douceur du coton.

Lorsque les troupes d'Alexandre le Grand franchissent l'Indus en 326 avant Jésus-Christ, elles rencontrent des populations qui portent des vêtements plus fins et plus légers qu'aucun autre. Les soldats s'émerveillent, s'informent, ramassent des graines. De retour en Grèce, ils plantent. Les résultats doivent décevoir. On abandonne les essais. L'Occident oublie l'« arbre à laine ».

Plus proches de l'Inde, les Arabes importent ses tissus. Puis commencent à cultiver le coton en Égypte, en Algérie, jusqu'au sud de l'Espagne : Grenade, Séville… Ils filent, ils tissent. Depuis longtemps, ils ont donné un nom au flocon blanc : *al-kutun*.

Des siècles durant coexistent deux univers étrangers l'un à l'autre. Au Nord, des chrétiens vêtus de laine ou de lin. Au Sud et vers l'Orient, des musulmans habillés de coton.

Les croisades vont permettre, outre maintes entre-tueries, quelques échanges. Bientôt, Venise développera son commerce. L'usage du coton, peu à peu, progresse en Europe.

Pendant ce temps-là, de l'autre côté de l'Océan, l'Amérique cultive aussi ses arbustes. Datant de plus d'un millénaire avant Jésus-Christ, des morceaux de cotonnades ont été retrouvés au Pérou. Et quand ils débarquent au Mexique, les Espagnols de Cortés s'extasient autant que jadis les Grecs d'Alexandre : les

vêtements locaux sont incomparables de souplesse et
de moelleux.

*
* *

XVIIIe siècle.

L'Europe se prend de passion pour les cotonnades.
Les importations d'Inde ne suffisent plus. L'Angleterre,
qui vient d'inventer les machines à filer et à tisser, décide
de prendre le relais. Il lui faut de la matière première.
Sa colonie américaine va lui en fournir. Dans toutes
les régions situées au sud du 37e parallèle (Carolines,
Géorgie, Floride, Alabama, Mississippi, Louisiane – ven-
due par la France –, Texas – arraché au Mexique –,
Oklahoma, Arkansas, Arizona, Californie), on plante.

Pour récolter, on a besoin de bras. Une première mondialisation s'organise. L'Afrique, pour son malheur,
entre dans la danse. L'industrialisation et l'esclavage
avancent main dans la main. Tandis que Manchester et
ses alentours se couvrent d'usines, Liverpool devient,
pour un temps, le centre de la traite des Noirs.

Cent années passent. Les États-Unis ont gagné leur
indépendance sans cesser de fournir en coton l'ancienne
métropole. Mais un noble souci moral hante bientôt les
autorités fédérales. Elles veulent interdire l'esclavage
aux États du Sud. Lesquels refusent et décident de faire
sécession. Comme on sait, une guerre s'ensuit. Qui va
nourrir les métiers à tisser britanniques ? Londres fait
appel à deux de ses possessions, l'Égypte et l'Inde.

Laquelle, un peu plus tard, offrira aussi sa production au Japon dont les tisseurs se sont réveillés.

Dans le même temps, le secteur textile français, qui a fini par se développer, commence à lancer la production dans son empire africain.

Le Brésil ne veut pas manquer le coche. Il plante. Dans la région de São Paulo où les terroirs ne sont pas les meilleurs, mais où l'économie, dopée par le café, s'emballe.

Bref, dès la fin du XIXᵉ siècle, la planète s'est couverte de cotonniers et d'usines, ceux-là ravitaillant celles-ci.

*
* *

Le coton réclame assez peu d'eau (soixante-quinze centimètres de pluie ou d'irrigation) ; mais, pour fleurir, il a besoin de beaucoup de chaleur et, surtout, de lumière. Il est aujourd'hui planté entre le 37ᵉ parallèle nord et le 32ᵉ sud, sur trente-cinq millions d'hectares, dans plus de quatre-vingt-dix pays. Mais quatre d'entre eux (Chine, États-Unis, Inde et Pakistan) représentent soixante-dix pour cent de la production mondiale. Viennent ensuite le Brésil (en forte progression), l'Afrique de l'Ouest, l'Ouzbékistan et la Turquie.

D'un bout à l'autre de notre globe, on fait référence au *coton*. Mais s'agit-il, partout, de la même plante ?

Le cotonnier est un arbuste de l'ordre des *Malvales*, famille des *Malvacées*, tribu des *Hibiscées*, genre des *Gossypium*. Des dizaines d'espèces sont cultivées.

Les *Gossypium herbaceum* et *arboreum*, dits « coton indien », donnent des fibres épaisses et courtes.

Le *Gossypium barbadense* procure les fibres longues et fines du coton égyptien.

Le *Gossypium hirsutum* fournit des fibres intermédiaires ; il représente quatre-vingt-quinze pour cent de la production mondiale.

Les humains ne sont pas les seuls à s'intéresser au coton. Les insectes en raffolent. Pour tenter de se débarrasser de ces prédateurs gloutons qui ravagent les récoltes, la recherche s'est mobilisée, financée par des entreprises géantes. Aujourd'hui, plus du tiers des cotonniers plantés sur la planète sont génétiquement modifiés. Une proportion qui, malgré les protestations des écologistes, s'accroît d'année en année.

*
* *

Le coton est le porc de la botanique : chez lui, tout est bon à prendre. Donc tout est pris.

D'abord, on récupère le plus précieux : les fibres. Ce sont ces longs fils blancs qui entourent les graines. Des machines vont les en séparer. Les fibres du coton sont douces, souples et pourtant solides. Elles résistent à l'eau et à l'humidité. Elles ne s'offusquent pas de nos transpirations. Sans grogner, elles acceptent d'être mille fois lavées, mille et une fois repassées. Elles prennent comme personne la teinture, et la conservent… La longue liste de ces qualités a découragé les matières naturelles concurrentes, animales ou végétales. La laine et le lin ne représentent plus rien. Si la fibre synthétique domine le marché du textile (soixante pour cent), le coton résiste (quarante pour cent).

Et c'est ainsi que le coton vêt l'espèce humaine.

Il ne s'en tient pas là. Il sert à fabriquer des compresses médicales, bien sûr, mais aussi des papiers spécialisés (dont les billets de banque), des films photographiques, des mèches de chandelle. Et, toujours soucieuses de se rendre utiles, ses fibres entrent dans la composition de produits cosmétiques (laques, soins capillaires…), de pâtes dentifrices, de crèmes glacées… Et même si le goût de certaines sauces bolognaises, de certaines saucisses allemandes peut sembler étrange, comment imaginer qu'elles contiennent du coton ?

Les graines ne sont pas moins généreuses. Riches en protéines, elles nous fournissent, à notre insu, une bonne part de notre huile de table. Les hommes de marketing semblant craindre que l'indication « huile de coton » ne dégoûte l'acheteur potentiel, on la baptise d'un nom plus vague et général : « huile végétale ».

Les animaux, eux aussi, sont nourris de coton : ils mangent des tourteaux tirés des graines et de leurs enveloppes.

Les restes servent à la fabrication de savons, d'engrais, d'explosifs (glycérine), de fongicides, d'insecticides…, de caoutchouc synthétique. Il faut savoir que l'industrie pétrochimique raffole de ces résidus végétaux : elle les fait participer à cette cuisine mystérieuse qu'on appelle raffinage et qui conduit à des matières parmi les plus improbables, dont les plastiques.

Pour ceux que ces manœuvres angoissent, revenons à notre mère nature, à la paix des choses simples. Après la récolte, les tiges et les branches du cotonnier deviendront des litières pour les animaux. Ou bien les paysans les brûleront, faute de meilleurs combustibles.

*
* *

Voilà pourquoi tant de gens s'occupent de coton : plusieurs centaines de millions d'hommes et de femmes sur tous les continents.

Et voilà pourquoi, depuis des années, je voulais faire ce grand voyage. Quelque chose me disait qu'en suivant les chemins du coton, de l'agriculture à l'industrie textile en passant par la biochimie, de Koutiala (Mali) à Datang (Chine) en passant par Lubbock (Texas), Cuiabá (Mato Grosso), Alexandrie, Tachkent et la vallée de la Vologne (France, département des Vosges), je comprendrais mieux ma planète.

Les résultats de la longue enquête ont dépassé mes espérances.

Pour comprendre les mondialisations, celles d'hier et celle d'aujourd'hui, rien ne vaut l'examen d'un morceau de tissu. Sans doute parce qu'il n'est fait que de fils et de liens, et des voyages de la navette.

Saviez-vous que vers 1620, à Mexico, capitale de la Nouvelle-Espagne, la colère des tailleurs ne cessait de gronder ? Une forte communauté chinoise venait de s'installer et offrait déjà des vêtements à bas prix qui ruinaient la concurrence[1].

Si vous voulez en apprendre plus sur la douceur, je veux dire sur les rudes coulisses de la douceur, prenez la route, approchez-vous de l'« arbre à laine ». Et tendez l'oreille.

---

1. Voir le très beau livre de Serge Gruzinski, *Les Quatre Parties du monde. Histoire d'une mondialisation*, La Martinière, 2004.

I

MALI

Tisser, parler, privatiser

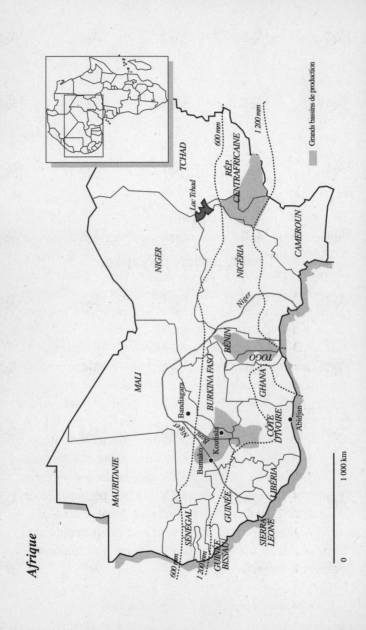

Afrique

Grands bassins de production

0   1 000 km

Le mot *soy*

Le peuple Dogon habite au cœur de l'Afrique de l'Ouest, non loin de l'endroit mythique où le fleuve Bani se jette dans le fleuve Niger. De ce pays, Bandiagara est la capitale. *Bandiagara* veut dire « cuvette où viennent boire les éléphants ». Lesquels s'en sont allés, mais le nom est demeuré.

Les Dogons sont célèbres pour leurs masques géométriques et gigantesques, pour leurs greniers pointus accrochés à la pente escarpée d'une falaise. Et pour leur cosmogonie, l'une des plus riches, drôles, complexes et poétiques jamais inventées par des êtres humains. Il y est question de termitières-clitoris, de jumeaux fondateurs, d'un cheval incestueux, d'un septième génie, connaisseur parfait du verbe, d'un maître forgeron un peu maudit, d'un crochet à nuages, d'une fourmi très préoccupée de sexe, et de bien d'autres personnages. Dont le coton[1].

Les Dogons vivent du tourisme et de la culture des oignons, deux activités qui ne suffisent pas toujours à vaincre la faim.

---

1. *Cf.* Marcel Griaule, *Dieu d'eau*, Fayard, 1966.

C'est ainsi que, vers le milieu des années 1970, une dizaine de familles abandonnèrent leur falaise et se mirent en route vers le sud. Les terres qui leur furent offertes non loin de la frontière du Burkina Faso se révélèrent moins bonnes encore pour les céréales que celles qu'ils avaient quittées. Mais le coton y poussait.

Averties de cette bonne nouvelle, d'autres familles arrivèrent pour constituer aujourd'hui un gros bourg riche d'environ six cents âmes. Il fallait lui trouver un nom. Pour les raisons que l'on devine, Bandiagara-2 recueillit tous les suffrages.

Cette attirance pour le coton a de très vieilles racines chez les Dogons. Le vieux chasseur aveugle Ogotemmêli nous parle :

« Le jour venu, à la lumière du soleil, le septième génie expectora quatre-vingts fils de coton qu'il répartit entre ses dents supérieures utilisées comme celles d'un peigne de métier à tisser. [...] Il fit de même avec les dents inférieures pour constituer le plan des fils pairs. En ouvrant et refermant les mâchoires, le génie imprimait à la chaîne les mouvements que lui imposent les lices du métier. [...]

Tandis que les fils se croisaient et se décroisaient, les deux points de la langue-fourche du génie poussaient alternativement le fil de la trame [...].

Le génie parlait. [...] Il octroyait son verbe au travers d'une technique, afin qu'il fût à la portée des hommes. Il montrait ainsi l'identité des gestes matériels et des forces spirituelles, ou plutôt la nécessité de leur coopération.

Le génie déclamait et ses paroles […] étaient tissées dans les fils […]. Elles étaient le tissu lui-même et le tissu était le verbe. Et c'est pourquoi "étoffe" se dit *soy*, ce qui signifie aussi : "C'est la parole." »

*
* *

Aux soirs de récolte, on croise dans la campagne d'innombrables carrioles tirées par des ânes. Elles viennent jusqu'à l'entrée du village déverser leur cargaison sur une étendue plate et soigneusement balayée.

Et la nuit tombe sur les petits tas de flocons blancs.

Le lendemain, c'est fête lorsqu'arrive le camion de la société cotonnière. On pèse le trésor, ballot par ballot. On calcule. Un chiffre est annoncé. Le représentant de la société sort de sa poche une grosse liasse de billets. Il compte. Les visages s'éclairent. C'est en riant et en chantant qu'on jette le coton dans la benne.

Cette tristesse, l'ai-je inventée, que j'ai cru lire dans les yeux des anciens lorsque le camion, sous les vivats des plus jeunes, s'en est allé vers l'usine ?

Autrefois, le coton cueilli demeurait au village et c'est au village qu'on le tissait et teignait.

Aujourd'hui, à peine cueilli, il disparaît. Et ne réapparaîtra sous forme de tee-shirt qu'après un très lointain voyage.

Alors, certains jours, les femmes du village revêtent leurs plus clinquants boubous, s'assoient sur des nattes devant la case principale et renouent avec la plus ancienne des traditions. Une à une, elles étalent sur une planche les petites boules de coton à peine sorties de leurs cocons bruns de feuilles séchées. Elles passent et repassent un rouleau de fer pour retirer les graines. Puis, avec une sorte de peigne aux dents rouillées, elles cardent. Puis elles filent, c'est-à-dire qu'elles étirent la fibre, l'étirent tant qu'on croit qu'elle va se rompre, mais non, elle devient comme un trait qui bientôt s'enroule pour former un fuseau dont le ventre rapidement s'arrondit.

Pendant tout ce temps, qui dure des heures, les femmes devisent, gloussent et papotent à perdre haleine, tandis que leurs doigts continuent la danse apprise dans l'enfance et jamais oubliée malgré l'exil. Les plus jeunes donnent le sein à leur bambin.

De son séjour des morts, le vieux chasseur aveugle Ogotemmêli doit se rassurer en contemplant ce spectacle. Les Dogons d'aujourd'hui n'ont pas oublié l'un des secrets majeurs : parler et tisser sont une même activité et se désignent par le même mot. *Soy.*

Le pays CMDT

La route est rouge et, dans la fraîcheur du matin, l'air sent l'eucalyptus. Je marche au côté de Mamadou Youssouf Cissé. Des silhouettes de toutes tailles s'agitent entre les arbustes. La récolte continue et les enfants ne sont pas les derniers à travailler. De temps en temps monte un refrain, une suite de rugissements plutôt. C'est une chanson d'encouragement :

> *Vous êtes des lions !*
> *Vous ne serez jamais des lapins !*
> *Vous êtes des hyènes !*
> *Vous ne serez jamais des lapins !*

Mamadou Cissé traduit.

Vous avez un nom !
Sachez être à la hauteur !
C'est dans les champs que vous devez le prouver !

Mamadou Cissé raconte.

En Afrique, la culture du coton remonte à la nuit des temps. De siècle en siècle, les traditions se perpétuent. Les villages plantent seulement pour se vêtir.

La colonisation bouleverse cette tranquillité bucolique. Les usines françaises ont besoin de matière première. L'administration crée des « Sociétés indigènes de prévoyance » animées par des chefs de travaux appelés « maîtres-laboureurs ». Les mots sont nobles, la réalité terrible : il s'agit de contraindre les paysans à produire du coton, toujours plus de coton. La chicote ne quitte jamais la main du maître-laboureur. La chicote est un fouet constitué de lanières nouées (peau de buffle ou d'hippopotame).

Les mœurs s'humanisent quelque peu au début des années 1950. Mais demeure l'ambition textile de la France. Une Compagnie voit le jour. Ses financements sont publics. Elle est chargée de mobiliser toutes les énergies au service du coton. L'indépendance ne change pas grand-chose, excepté un adjectif. La Compagnie n'est plus française, mais malienne. Le capital est toujours public (État français : 40 % ; État malien : 60 %).

En 1972, Mamadou Cissé entre à la CMDT (Compagnie malienne pour le développement du textile). Il vient de finir ses études d'histoire. Il a vingt-cinq ans. On lui confie l'alphabétisation des paysans.

En bon Français, admirateur de l'Éducation nationale, je ne peux que m'étonner :

– C'était à la CMDT d'alphabétiser ?

– Un paysan qui ne sait pas lire ne peut cultiver du bon coton ! Grâce au coton, j'ai vu se réveiller les villages. L'un après l'autre. À commencer par celui-ci, Kaniko. C'est là que j'ai débuté.

La population se précipite. Les hommes vieux, les hommes jeunes, tout le monde masculin court vers mon guide. Les femmes, de loin, se contentent de sourire. On se presse. On lui prend les bras. On le présente aux enfants. On lui montre les dernières motos chinoises Zhongyu et Dragon.

– Cadeaux du coton ?

– De qui d'autre voulez-vous ?

Les chèvres même arrêtent un instant de mâchouiller leur chewing-gum favori, les sacs plastique.

Mamadou Cissé est un homme modeste. Il ne m'avait pas dit qu'avant de prendre sa retraite, il dirigeait l'antenne régionale de la CMDT.

Après les (interminables) salutations d'usage, on nous a trouvé deux sièges (une chaise de cuisine jaune et l'autre rouge). En compagnie des autorités, nous voici installés sous une toiture de bambous qui fait office d'arbre à palabres. Le reste du village se tient debout, tout autour. Et l'on continue de noyer Mamadou Cissé sous des flots de paroles.

Il agite la main comme on écarte une mouche, il ne veut pas traduire. « Rien d'important… nouvelles des familles… » Le maire prend le relais :

– Nous le remercions. Pour l'école, pour la route refaite, pour le centre de santé, pour le quatrième puits, pour le dernier stage sur les insecticides…

L'homme modeste a entendu. Il proteste :

– Ce n'est pas moi, c'est la CMDT.

– Mamadou ne l'avouera pas, mais Kaniko est son enfant. Regardez nos arbres, par exemple. Vous avez déjà vu autant d'arbres dans un village africain ? Ailleurs, on les a coupés depuis longtemps pour les brûler. Ici, nous les respectons. Parce que Mamadou nous a appris que les arbres font de l'ombre et appellent la pluie, et que le coton a besoin d'ombre et de pluie. Le coton n'aime pas que les arbres. Les autres plantes sont ses amies. Car le coton est une plante difficile : celui qui sait le cultiver sait tout cultiver. Et d'abord le maïs, le sorgho, les céréales. Et puis le coton, on le sème tous les ans. Ce n'est pas comme le café ou le cacao, qu'il faut planter pour longtemps. Avec le coton on est libre, on peut changer de culture. D'ailleurs, il faut changer. Sans ça, la terre fatigue. Le coton est notre locomotive.

– Pardon ?

– La locomotive de notre développement. Et le coton ne donne pas seulement de l'argent. On lui doit la paix, la bonne entente. Sans lui, les hommes sont plus pauvres. Donc ils se battent entre eux…

Je montre une sorte de boutique, là-bas, au coin de la place, pas loin du tas d'ordures. D'après son enseigne, elle s'appelle Kafo Jiginew.

– *Kafo* veut dire « union » et *Jiginew*, « grenier ». C'est l'union des greniers, notre banque, gérée par nous, les paysans. Sans insecticides, pas de coton. Et sans crédit, pas d'insecticides. Devinez qui nous a enseigné les bases de la finance ?

On m'explique, avec patience et fierté. Le coton est acheté à un prix garanti. Sur la base de ces ressources prévisibles, la banque fait crédit. Un crédit qui va servir au coton (achat des insecticides et pesticides nécessaires), mais aussi à toutes les autres cultures (outils, semences, bêtes…). Et voilà comment, *via* le crédit, le coton a développé notre région !

*
* *

Sommes-nous bien toujours au Mali ?

On se croirait plutôt au *pays* CMDT. Un pays dont tous les services publics sont assurés par cette compagnie. Un pays important par sa taille (le tiers sud du Mali officiel) et par le nombre de ses habitants (près de trois millions). Un pays privilégié ; dans les autres régions, là où le coton ne pousse pas, là où la CMDT ne règne pas, l'existence n'est pas comparable : plus pauvre, démunie, abandonnée à elle-même.

Ce pays est menacé par un ennemi farouche, la *privatisation*.

Au village de Kaniko, personne ne comprend bien les modalités de cette mesure. Mais tout le monde a compris qu'elle signera la fin de ce *pays CMDT*. Et l'accueil, si chaleureux, fait à Mamadou Cissé, il m'a tout l'air d'une chanson magique. En saluant si fort l'homme qui incarne l'époque bénie, peut-être l'empêchera-t-on de fuir ?

Koutiala

Je connais bien d'autres capitales d'une matière première. Manaus, reine passée du caoutchouc, Johannesburg, métropole de l'or et du diamant, Koweit City, fille bénie du pétrole… Toutes ont profité de leur aubaine pour s'embellir.

Pas Koutiala, pourtant principale cité malienne du coton. On la surnomme le « Paris de l'Afrique », tant la lumière et la profusion sont censées y régner. Pour trouver quelque fondement à cette comparaison, il faut une imagination hors du commun ou ce trouble oculaire qui affecte la vision de certains tiers-mondistes particulièrement militants.

Koutiala grouille de bonne humeur, de couleurs et de cet acharnement à vivre qui émerveille et bouleverse le voyageur dans toutes les villes africaines. Des enseignes à chaque pas font sourire, tel ce panneau annonçant un garage « Espoir Autofreinage », une banque mutualiste « Ici, on ne prête pas aux riches », ou vantant la farine de froment « Mosquée rouge ». Mais où sont passées les très conséquentes royalties que les équipes municipales successives ont reçues de l'or blanc ? Sûrement

pas dans les équipements collectifs, malgré les efforts
de la ville d'Alençon dont une banderole, sur la façade
de la mairie, vante le « jumelage exemplaire ». Sous
le pont Patrice-Lumumba, le souvenir de rivière n'est
plus qu'un cloaque immonde, un égout en plein air
où se baignent néanmoins les enfants. Les échoppes
du marché ont été chassées de leur aire par la spécula-
tion immobilière et s'installent n'importe où, bloquant
toute circulation. Et partout cette saleté, partout les tas
d'immondices, les monceaux d'ordures, de sacs plastique, de pastèques pourrissantes…

Pourquoi les Africains, si soigneux d'eux-mêmes, si
méticuleux dans leurs ablutions privées ou religieuses,
abandonnent-ils toute ambition d'hygiène dès qu'il
s'agit de leurs villes ?

Le nauséabond régnant, on ne remarquera guère les
remugles, pourtant prenants, échappés du campus indus-
triel, fierté et raison d'être de Koutiala. C'est une ville
dans la ville, une vingtaine d'hectares en plein centre.
Six usines s'y activent jour et nuit, sept jours sur sept.
Ces usines ont faim, une faim perpétuelle de coton.
Une file ininterrompue de camions vient les nourrir. Ils
avancent jusqu'à de gros tubes mobiles qui, telles des
trompes d'éléphants monstrueux, aspirent les tonnes de
flocons blancs. En quelques quarts d'heure, la benne
est vidée et c'est au tour de la suivante. Pour tenter
d'échapper à la poussière qui brûle les yeux et ronge
les poumons, les ouvriers portent des lunettes de plon-
gée et de gros masques qui leur prennent le nez et la
bouche. Cet équipement de fortune les fait ressembler
à des mouches géantes. Le travail est des plus pénibles.

Aucune pause. Seules interruptions : les pannes. Et, une fois l'an, la journée qui fête la fin du jeûne. Vous qui croyez les Africains paresseux, venez donc faire les trois-huit à Koutiala !

Les quatre premières usines appartiennent à la CMDT. Elles égrènent la fibre, elles la nettoient, elles la plient, elles l'empaquettent, elles la pèsent. Des norias de diables prennent en charge les gros ballots bleus (deux cent vingt kilos chacun), les transportent et les hissent sur des tas immenses où ils attendront que le marché mondial veuille bien s'intéresser à eux.

Les deux autres usines sont le domaine d'Huicoma et s'occupent des graines. On les triture, on les presse, on les chauffe, on leur fait subir toutes sortes de cuisines. D'un côté sortent de petits cylindres brunâtres dont, paraît-il, raffole le bétail. De l'autre coule une huile. Une fois décolorée et débarrassée de son odeur (pestilentielle), elle ira sur les tables maliennes pour y agrémenter l'ordinaire.

*
* *

La nuit, la nuit profonde et poisseuse de l'Afrique tombe sur Koutiala. Sortant de l'enclave immense où, protégées par de hautes clôtures, bourdonnent les six usines, on ne peut que tomber sur eux. Et frissonner. On dirait une armée prête à envahir. Ils sont si nombreux. Et même si leurs moteurs sont éteints, il y a de la colère contenue dans ces mastodontes.

Les camions.

Des camions innombrables, plus de six cents, d'après la rumeur.

Et ils attendent.

Attendent des semaines pour décharger leurs cargaisons de coton ou de graines. Sur dix rangées attendent leur tour parce que personne n'a prévu d'entrepôt de stockage : l'usine se nourrit en puisant directement dans les bennes. Attendent devant les portes fermées ou dans les ruelles avoisinantes, garés tant bien que mal.

Et c'est pour cela que l'attente fait partie du coton : l'attente des camions et des camionneurs pendant les deux mois de récolte. Et l'attente pire encore pendant le reste de l'année, puisqu'il n'y a plus rien à transporter.

De temps en temps, un grondement annonce qu'un camion se met en marche. Dieu, ou l'usine, a eu pitié de lui. Sa patience est récompensée. Il va pouvoir se débarrasser de sa cargaison.

De proche en proche, des dizaines, des centaines de grondements répondent. Les interminables files s'ébranlent. Puis le silence revient. L'attente a repris.

J'ai appris qu'il y a trois catégories chez les camionneurs. Les propriétaires : on ne les voit jamais. Les chauffeurs : ils entrent en scène seulement lorsque le camion bouge, c'est-à-dire rarement. Et les apprentis : ceux-là ne quittent jamais leur camion. Ils partagent tout de sa vie, c'est-à-dire surtout l'attente. Un apprenti camionneur digne de ce nom vit sous son camion, entre le double train avant et le triple train arrière : c'est là qu'il installe son lit de camp, là qu'il accroche son transistor, là qu'il prépare son thé vert. Certains apprentis dressent une tente devant le pare-chocs : il me semble que leurs confrères les regardent un peu de travers. Un bon apprenti camionneur ne s'isole pas de son camion.

Ces jeunes gens n'ont qu'une espérance : s'élever un jour jusqu'au statut de chauffeur. Il leur faut donc réunir assez de fonds pour financer un permis de conduire. Entreprise plutôt difficile puisqu'ils… ne sont pas payés ! Seulement nourris (à peine) et de temps à autre « encouragés » par un petit billet.

En conséquence, ils attendent.

Pour être juste, leurs supérieurs, les chauffeurs, attendent aussi. L'Afrique, comme on sait, n'est pas avare de guerres civiles. Lorsque, par exemple, Abidjan, par suite de troubles, voit son port fermé, il faut passer par le Togo, le Ghana pour livrer les balles de coton. D'où quelques centaines de kilomètres en prime et *des mois* d'attente supplémentaires.

Pour tuer le temps, interminable, chauffeurs et apprentis ne cessent d'embellir leurs gros compagnons. Non contents de les laver, de les briquer, ils les décorent. Ainsi, peints sur toutes les surfaces possibles (pare-brise, bâche, pare-chocs, caisse à outils…), d'innombrables chefs-d'œuvre naïfs égaient les parkings : paysages typiques (savanes et forêts), bestiaire nostalgique des époques où l'on croisait encore quelques animaux en Afrique (lions, girafes, éléphants, aigles) ou salutations géopolitiques (drapeau des États-Unis d'Amérique).

Mais la plus belle créativité de ces artistes de la route (immobile) s'exprime dans les devises et maximes amoureusement calligraphiées : « La beauté du garçon, c'est le travail », « Tout passe », « Qui sait l'avenir ? », « J'ai peur de mes amis, même de toi », « Ne m'approche pas trop près », « Dieu donne en secret », « Le retard n'empêche pas la chance »…

Toute une philosophie se trouve là développée : « Tu peux échapper à tous les fauves, sauf à celui qui porte ton destin. »

Quelle plus exacte incarnation des maux de l'Afrique que ce triste destin des apprentis camionneurs ?

La leçon du Burkina

Pourquoi privatiser ?

Pourquoi détruire cette enclave de (relative) douceur dans cette Afrique de l'Ouest où la vie est si dure ?

La réponse appartient au marché mondial. Tant que les cours du coton demeuraient à des niveaux élevés, on pouvait se permettre de laisser agir à sa guise la CMDT. Chacun savait que ce kolkhoze géant, plus grosse entreprise cotonnière de la planète, ne méritait pas que des éloges sur sa gestion. Chacun devinait les trafics qu'elle couvrait, les corruptions qu'elle nourrissait. Quand une seule société publique recueille la moitié des recettes d'exportation d'un pays, les puissants de ce pays, quel qu'il soit, résistent difficilement à la tentation de puiser dans la caisse. Mais l'objectif premier étant atteint : l'indéniable développement rural, toutes les autorités, d'ailleurs complices, voire intéressées, fermaient les yeux.

La situation change lorsque s'effondre le prix du coton. Par crainte d'allumer la colère des campagnes, le gouvernement n'ose pas répercuter la baisse. Il continue d'acheter la récolte aux cours antérieurs. Les déficits de la CMDT se creusent, ils pèsent sur son propriétaire majoritaire, l'État malien. Un État déjà exsangue, donc contraint de faire appel au crédit international.

La Banque mondiale pose ses conditions : je vous aide, mais vous privatisez.

*
* *

François Traoré est d'abord paysan. Ses champs se trouvent sur la route de Bobo-Dioulasso, à l'extrême ouest du Burkina. Mais c'est également un syndicaliste. Il préside deux unions de producteurs de coton : celle de son pays et celle de l'Afrique tout entière. À ce titre, on l'a vu à Cancún porter le fer contre les pays industrialisés. Personne mieux que lui ne connaît les forces et les fragilités de son continent.

Son diagnostic sur la situation malienne ne s'embarrasse pas de prudences diplomatiques.

– S'ils doivent privatiser aujourd'hui, c'est qu'ils ont manqué le coche hier. Il est bien beau de réclamer des délais. Mais n'oublions pas la réalité des affaires : si la situation continue de se dégrader, quelle société privée voudra s'engager ?

Sans trop de mal, le Burkina Faso semble traverser la crise et la chute des cours mondiaux. Quel est son secret ? L'histoire mérite d'être contée, car elle montre l'existence (et la viabilité) d'une troisième voie entre la privatisation et le kolkhoze d'État.

Au début des années 1990, le vieux système ne satisfait plus personne. Depuis toujours, c'est le village qui est caution solidaire des emprunts contractés pour payer engrais et insecticides. Or certains villageois utilisent ces crédits à d'autres emplois plus... personnels. En outre, la production stagne, car le paiement du coton livré est des plus aléatoires.

Célestin Tiendrébeogo, directeur de la société nationale Sofitex, ouvre le débat. Pour le nourrir, il invite quatre leaders paysans à visiter les pays voisins pour s'inspirer des réussites et, si possible, éviter les erreurs. Les Maliens, forts de leur toute-puissante CMDT, reçoivent non sans condescendance ces Burkinabés modestes et désemparés.

Le quatuor, animé par François Traoré, revient avec des idées claires et des propositions radicales. Acceptées par Tiendrébeogo.

Le principe de cette réorganisation est simple : les paysans doivent devenir de vrais *partenaires*. Pour cela, il faut dépasser les solidarités de village : une Union *nationale* des producteurs est créée. Mais ce syndicat doit être directement intéressé à la gestion du système. L'État accepte de se désengager. Trente pour cent de la Sofitex sont cédés aux producteurs. Ceux-ci, pour financer cette acquisition, doivent renoncer à leurs primes. La pédagogie commence. On met en place les nouvelles règles du contrat. Pour chaque campagne, un prix plancher et garanti est fixé. Les bénéfices, s'ils existent, seront répartis entre les producteurs et viendront compléter les premiers versements.

Les débuts ne vont pas sans débats, parfois violents. Pourquoi, s'indignent les paysans burkinabés, nos prix sont-ils plus bas que ceux offerts tout près, juste de

l'autre côté de la frontière, à nos collègues maliens ?
Lesquels ricanent.

Cinq ans plus tard, la bonne humeur a changé de
camp.

Fragilisée par des déficits croissants, la CMDT est
poussée à la privatisation, avec les démantèlements
qui vont de pair. Et les producteurs maliens campent
sur des revendications de prix irréalistes, sans doute
parce qu'ils ont été exclus des responsabilités : malgré les promesses, ils n'ont reçu aucune part du capital de la Compagnie. Tandis que la Sofitex, plutôt en
bonne santé, nargue les « experts internationaux ». La
cogestion décidée par les Burkinabés n'appartient pas
à l'orthodoxie libérale prônée par la Banque mondiale.
Mais quels arguments invoquer contre un système qui
marche ?

François Traoré se demande :

– Le Mali saura-t-il, sans ruiner sa filière, rattraper
le temps perdu ?

Et moi, je me souviens de la devise d'un des camionneurs : « Le retard n'empêche pas la chance. »

Fétichistes

Sur la route de Bamako, un peu avant Ségou, Niessou ressemble à tous les autres villages de la région : quelques dizaines de cases, autant de greniers et, un peu à l'écart, une étendue plane où des monticules de coton attendent le ramassage. Juste en face, nous sommes contraints de nous arrêter. Notre Peugeot vient de crever. Il faut changer la roue malade. Pourquoi tant de hâte et de fébrilité chez notre chauffeur ? Pourquoi tant de raideur et même d'impolitesse en répondant aux salutations de la petite foule venue assister à la manœuvre du cric ? Et pourquoi démarrer si vite, à peine le dernier boulon serré ? Et maintenant, pourquoi continuer d'accélérer ?

Rien ne presse. Il n'est que sept heures et, pour une fois, l'Afrique est douce. Des oiseaux gazouillent, leur tête est pourpre et leur poitrine bleue, sans doute des souï-mangas. Le jour traîne encore avant de se lever vraiment. Un très léger voile de brume reste accroché aux cimes des bois voisins. Sachant qu'elle ne durera pas, très bientôt tuée par le soleil, on goûte comme un cadeau cette fraîcheur qui monte de la terre.

Pourquoi fuir ?

La réponse ne viendra pas du chauffeur, mais de Mamadou Cissé. Et seulement le lendemain, au petit déjeuner. Lui aussi s'était tu jusque-là.

Niessou est un village de puissants fétichistes. Nul n'y passe sans crainte. Et personne, sous aucun prétexte, ne s'y aventure la nuit.

Il y a bien des années, la CMDT avait prêté une grande bâche à Niessou. Une « bâche expérimentale » pour apprendre aux villageois à mieux stocker leur coton. Comme convenu, un agent de la CMDT revint, un beau jour, chercher la bâche. Refus du village. Discussion. Pour que l'ordre public soit respecté et la bâche rendue, le préfet est saisi.

– Je suis à deux mois de la retraite, répond le préfet. Il s'agit de Niessou. Je préfère transmettre le contentieux à mon successeur.

Ainsi fut fait. Une transmission jugée tout à fait judicieuse par le successeur. Qui, lui-même, transmit le contentieux à son successeur. Lequel…

Bref, la « bâche expérimentale » se trouve toujours à Niessou.

Bonne chance aux privatiseurs !

Bamako

À deux pas de la gare, une petite dame plus toute jeune règne sur un gros bunker blanc. Son visage ressemble à celui d'un oiseau, pointu, osseux, surmonté d'un casque de cheveux gris impeccablement séparés par une raie. Elle vous reçoit avec cette sorte de gentillesse automatique des bonnes maîtresses de maison, leur réel souci de bien accueillir le visiteur, quel qu'il soit. Ses gardes, nombreux et musculeux, ont des manières plus rudes.

La dame s'appelle Vicki Huddleston. C'est l'ambassadeur des États-Unis. D'une voix douce, elle dit sa conviction. Et l'on devine que rien, jamais, ne l'en fera changer.

Sa leçon de bon sens libéral est impeccable.

Il faut repartir sur des bases saines, dit-elle. Chacun doit faire son métier. Une société cotonnière a pour mission de produire du coton, et du coton rentable, pas d'alphabétiser les populations, ni d'entretenir des routes, ni d'ouvrir des dispensaires.

Et un État a d'autres tâches que de combler les déficits d'une société beaucoup trop lourde et bien trop mal gérée.

Donc la privatisation s'impose.

Le FMI et la Banque mondiale le recommandent au Mali depuis des années. Ils ont prévu des financements pour accompagner la mesure.

Mais le Mali continue à repousser, repousser, repousser…

Mme Huddleston soupire. Cette lenteur, tellement contraire à l'intérêt du pays, semble l'atteindre personnellement. « J'ai beaucoup voyagé, depuis mon arrivée. Ce peuple m'a émue. J'aime le Mali. »

Je lui fais part de l'inquiétude des paysans. La CMDT leur apporte tant…

– Si l'État ne prend pas le relais, nous confierons la formation et la santé à des ONG. Je fais confiance à leur efficacité…

Pauvres Maliens ! N'ont-ils le choix qu'entre un kolkhoze dépassé et une privatisation sauvage accompagnée par les compresses de la charité ?

Vais-je me montrer impoli, gâcher soudain l'aménité de l'entretien ? Je quitte un instant le Mali. Je traverse l'Atlantique. J'évoque ces subventions gigantesques versées par l'administration de Washington aux producteurs de coton américains. Ne faussent-elles pas le libre jeu de la concurrence, ne vont-elles pas contre la loi du marché ? En un mot, les agriculteurs de Kaniko, qui réclament la fin de ces distorsions, ne sont-ils pas plus *libéraux* que leurs collègues du Texas ?

Vicki me sourit comme à un enfant attardé ou décervelé par le soleil. Du même ton si doux, elle me conseille de ne pas tout mélanger.

– L'Afrique a la manie d'accuser les autres continents de ses propres problèmes au lieu de trouver par elle-même, en elle-même, des solutions. Pour votre enquête, vous allez vous rendre dans mon pays, j'imagine ? Si vous êtes honnête, vous y verrez une agriculture moderne. Bon voyage.

*
* *

J'ai connu Amani Toumani Touré dans la bonne ville française d'Annecy, durant l'été 1992. Une rencontre avait été organisée par le Club Aspen sous la présidence de Raymond Barre. Il était arrivé en héros de la démocratie.

Le 24 mars 1991, alors colonel de parachutistes, Amani avait arrêté Moussa Traoré, l'homme qui tyrannisait le Mali depuis plus de vingt ans.

Et, le 8 juin 1992, il avait tenu sa promesse, seul de sa sorte parmi ses confrères militaires africains : il avait rendu le pouvoir à un civil, Alpha Oumar Konaré, démocratiquement élu à la tête de la république du Mali.

Ses actions ultérieures n'avaient pu qu'accroître sa légende : ses nombreuses missions de bons offices sur le continent, son action continue en faveur des enfants malades… Le peuple malien vient de l'élire à la charge suprême. Il me reçoit donc cette fois dans son nouveau logis, le palais présidentiel.

On sait que Bamako, en bambara, veut dire « marigot aux caïmans ». Est-ce pour cela – prendre un recul prudent – que des esprits avisés ont choisi d'installer les principales administrations sur une hauteur ? La Colline du Pouvoir domine donc la ville. Sur l'autre colline, vers l'est, on a construit l'hôpital.

Le président ne me cache pas son angoisse : « Avant, notre coton, nous l'appelions l'"or blanc". Et nous nous y connaissons en or, puisque nous en extrayons plus de cent tonnes par an. Longtemps, le coton a été notre meilleur allié. Vous avez lu cette étude ? En cinq ans, la pauvreté a reculé de dix pour cent dans les zones cotonnières et augmenté de deux pour cent ailleurs. Aujourd'hui, l'or blanc est en train de devenir notre malédiction. Le coton, c'est la moitié de nos recettes d'exportation. Le coton fait vivre, directement, près du tiers de notre population : trois millions et demi d'hommes et de femmes ! Et peut-être quinze millions supplémentaires chez nos voisins ! Comment voulez-vous que nous renoncions au coton ? C'est vrai, j'ai accepté de garantir aux paysans un prix supérieur au cours mondial. Comment pouvais-je faire autrement ? Ils se soulevaient ! C'est ça, la volonté de la Banque mondiale : une autre zone d'instabilité, dans le sud de notre pays, aux frontières mêmes de la Côte-d'Ivoire d'où ne cessent d'arriver des réfugiés ? Comment voulez-vous que je les nourrisse ? Et mes trois millions et demi, s'ils n'ont plus rien à manger, ils viendront d'abord en ville. Et ensuite, direction la France, par tous les moyens : ils s'accrocheront même aux trains d'atterrissage des avions. C'est ça que vous voulez ? »

Dans la grande salle des entretiens, impersonnelle et glacée, où, quelques nobles peintures exceptées, tout est crème, les lustres, les canapés, la table basse,

Amani Toumani Touré n'a rien perdu de sa flamme. Au contraire, on dirait que la présidence l'a rajeuni. Il parle simple et clair, sans ces fleurs rhétoriques dont les dirigeants africains truffent leurs discours.

« On nous accable pour notre déficit. Mais personne n'aborde les causes de ce déficit. Sans les subventions qu'ils reçoivent de leur État, les agriculteurs américains produiraient un coton plus cher que le nôtre. Depuis l'indépendance, nous avons multiplié par vingt notre production. Depuis quarante ans, jour après jour, nous avons lutté pour nous améliorer. Nous avons joué à fond le jeu de la concurrence. Sans la moindre chance de gagner, puisque le joueur le plus puissant triche.

« Et contre la guerre des monnaies entre l'Europe et les États-Unis, que pouvons-nous ? Par notre appartenance à la zone franc, nous sommes pieds et poings liés à l'euro. Dès qu'il monte, notre coton vaut moins cher, puisqu'il est acheté en dollars. Vous trouvez ça normal ? Un pays parmi les plus pauvres accroché à la monnaie la plus haute ? Plus elle grimpe, plus nous tombons. Et personne ne proteste. Et surtout pas la Banque mondiale. »

D'un geste un peu maladroit, agacé, il remonte les manches de son boubou bleu brodé – décidément, ce boubou ne lui va pas : trop vaste, trop joli, trop brodé. Le président se redresse.

« La privatisation, d'accord. Il paraît que nous n'avons pas le choix. Mais je ne laisserai pas la Banque mondiale casser notre filière entière par trop de précipitation. Il nous faut du temps. Il y a des moments où je me demande si tel n'est pas leur objectif : casser notre filière. Cette destruction arrangerait nos concurrents, et vous voyez lesquels. Dites-leur bien, puisque vous allez à Washington : je ne transigerai pas sur le temps. »

L'angoisse est palpable chez ce militaire qui a traversé bien des crises et n'a jamais manqué de courage. Que Dieu, s'Il existe, protège les présidents du Mali ! Leur tâche n'est pas simple.

C'est au temps que je pense en sortant du palais, ou plutôt à la confrontation brutale des temps. La mondialisation n'est pas seulement une affaire d'espace. Elle a ouvert la guerre des horloges.

Aux siècles précédents, les économies nationales ne se pressaient pas trop : elles se construisaient, bien à l'abri de frontières douanières très hautes et très étanches. Elles ne s'ouvraient qu'une fois assez fortes pour se mesurer aux rivaux les plus redoutables. Aujourd'hui, ces protections, ces lenteurs « éducatives » ne sont plus autorisées. À peine a-t-on commencé à naviguer qu'il faut affronter le vent du large.

Cette accélération a-t-elle un sens ? Beaucoup d'experts pensent que dans cinq ans, dans dix ans tout au plus, la Chine, l'Inde, le Pakistan… devront diminuer leur production de coton. Les bonnes terres sont rares et les populations croissantes : comment les nourrir sans développer les cultures vivrières ?

L'Afrique, qui n'a pas de contraintes de superficie, pourrait alors tirer son épingle du jeu.

Mais dans cinq ans, dans dix ans, que restera-t-il du coton malien ?

On dirait que Nicolas Normand, notre ambassadeur, qui m'accompagne, a deviné mes préoccupations temporelles. Mais, à son habitude, il change de dimension. Il n'est pas que diplomate. C'est un savant passionné par la nature. Il me fait remarquer que sur notre gauche, au pied de l'escalier de marbre, là où je n'avais cru voir qu'une sorte de palmier, est un *Cycas revoluta*, une plante rescapée de l'ère primaire, un fossile botanique vieux de cinq cents millions d'années. Le chef du protocole présidentiel hésite : doit-il prendre congé de nous ou suivre la leçon ? Le chauffeur, lui, semble avoir l'habitude. Il m'a avoué la seule vraie difficulté de son travail : quand l'ambassadeur crie, il lui faut piler net, même au milieu d'un cortège officiel. C'est qu'un oiseau rare traverse le ciel, un courvite Isabelle, un francolin de Clapperton…

Juste avant de redescendre vers Bamako, l'ambassadeur change de science. Il paraît que le plateau de grès sur lequel nous nous trouvons est l'une des plus vieilles terres du monde. Elle date d'il y a deux milliards d'années, avant même l'ère primaire. À cette époque, reprend l'ambassadeur, notre planète n'avait qu'un seul continent. Il m'assure que nous sommes à l'endroit où se tenait son centre. Je hoche la tête, impressionné. Mais faut-il toujours croire les ambassadeurs ? Avec le progrès des communications, leur métier se fait de moins en moins gratifiant. Alors ils ont tendance à s'octroyer une importance qu'ils n'ont plus.

Maudite soit la fripe !

Par sa stature, son autorité naturelle, le respect qui l'entoure, les légendes qui l'accompagnent, les récits de ses combats altermondialistes et la flamboyance de ses boubous, Aminata Traoré est une reine.

Une reine qui se bat.

Contrairement à tant d'autres Africains, inlassables pourfendeurs verbaux de l'impérialisme mais calfeutrés dans le si confortable statut d'experts des institutions internationales, elle a quitté l'ONU et ses missions hautement rémunératrices. Elle a choisi le « privé ». Dans son quartier de Bamako, elle a ouvert un hôtel, un restaurant, une galerie d'art, une boutique de mode où elle présente les créations de sa fille Awa. L'ancien président l'a nommée ministre (de la Culture). Puis, sans doute un peu jaloux, l'a renvoyée.

Elle a retrouvé ses affaires, elle a planté des arbres. Et, haïssant la saleté (« la honte de l'Afrique »), elle a mobilisé les jeunes de son quartier pour qu'ils nettoient toutes les rues alentour et curent les canaux qui font office d'égouts.

Je partage souvent son diagnostic sur les maux du continent, mais discerne mal quels remèdes elle propose. Qu'importe ! C'est une reine qui se bat, et une inépuisable.

Auprès d'elle, je m'étonnais de l'absence de toute industrie textile dans ce Mali si gros producteur de fibres. Une usine a besoin d'énergie et le Mali manque d'énergie. Était-ce la seule raison ?

En guise de réponse, elle m'a seulement conseillé d'aller sur les marchés.

C'est là que j'ai fait connaissance avec la fripe. Des montagnes de vêtements, déchargés des camions sur la terre battue du sol. Le plus bas du plus bas de la gamme. Et même, pour beaucoup, plus bas encore que le bas puisque les pantalons, les jupes, les robes, les tee-shirts même étaient usagés. Une armée de tailleurs s'en emparaient et, génies de la récupération, leur redonnaient quelque semblant de fausse jeunesse : certains, avec des ciseaux, découpaient des lanières de caoutchouc dans des chambres à air pour remplacer les élastiques des caleçons. J'ai demandé l'origine de la fripe. On m'a ri au nez : « Qui peut savoir ? » En regardant mieux, j'ai vu des pull-overs qui passaient directement des sacs d'organisations humanitaires aux étals des marchands…

Comme l'aide alimentaire qui, concurrençant les paysanneries, porte si souvent en elle les germes des famines futures, le don ruine la production locale. En une étrange complicité, l'industrie chinoise s'alliait à la charité du Nord pour détruire dans l'œuf toute velléité de textile malien.

Dans les années 1970, les pays d'Afrique de l'Ouest et du Centre avaient essayé d'attirer des investisseurs pour créer des usines de filature et de tissage. Peu sont venus et presque aucun n'est resté. Outre la fripe (vingt-cinq pour cent du marché), comment résister aux importations sauvages asiatiques qui se moquent des soi-disant barrières douanières ? Et comment lancer une industrie de luxe lorsque les élégantes exigent pour leurs pagnes, au lieu des tissus locaux, le wax hollandais ?

Au seul Ghana, on se fait devoir et fierté de « consommer national ». Ailleurs, on se vantera plutôt de l'origine étrangère de ses vêtements.

II

ÉTATS-UNIS

Gloire au lobby !

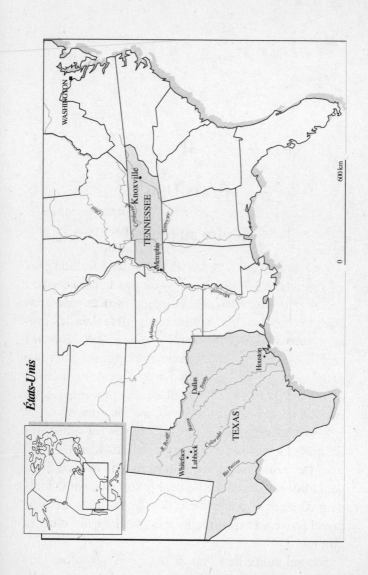

États-Unis

WASHINGTON

Knoxville
TENNESSEE
Memphis

Cumberland
Tennessee

Ohio

Mississippi

Arkansas

Whiteface
Lubbock
R. Rouge
Brazos
Colorado
Rio Pecos

Dallas
Trinity

TEXAS

Houston

0   600 km

La capitale de la décision

Quel est l'endroit du monde où se prennent les décisions les plus lourdes de conséquences pour le plus
grand nombre d'habitants de cette planète ?

Pour ce rôle, New York ou Pékin sembleraient plus
appropriées. Washington ne paraît pas la bonne ville :
aucun gratte-ciel dominateur, trop d'espaces verts, pas
assez de mystère. Pas de hâte perceptible dans les avenues trop larges. Une banlieue interminable de demeures
familiales. Dans chaque jardin, un toboggan de plastique
rouge, une cabane de plastique vert et des panneaux
de basket miniatures qui tendraient à prouver que les
enfants, ici, sont rois et la préoccupation première.

Les innombrables églises ou temples parsemant les
bosquets mettent la première puce à l'oreille de l'enquêteur. Des humains qui ont tant besoin de parler à Dieu
sont forcément accablés soit par le sort, soit par la lour-
deur de leurs responsabilités. Un décideur responsable
prend conseil. Et quel meilleur conseiller que Celui qui
voit tout ?

Second indice de l'importance de Washington, plus
irréfutable encore que le précédent : les avocats. Ils

pullulent. Au bas de tous les immeubles, les plaques
de cuivre portant des noms d'avocats renvoient violem-
ment les rayons du soleil. Voilà pourquoi, sans doute,
tellement de passants se protègent les yeux avec des
lunettes noires : ils tentent, à leur manière, d'échapper
aux manœuvres hypnotiques des juristes. On devine
qu'ils auront beau faire et forcer l'allure, ils n'y par-
viendront pas. Un jour ou l'autre, ils tomberont dans
leurs rets.

Un exemple ? 2000, Massachusetts Avenue. Au
milieu de bâtiments tout à fait sages, un château rouge.
Tourelles, toits, échauguettes… Un repaire d'hybrides,
mi-fées, mi-sorcières. Le logis de la famille Addams. Ce
château rouge, on le dirait recouvert d'une armure tant
les noms d'avocats cuivrés caparaçonnent sa façade.

Saviez-vous qu'il y a plus d'avocats dans la seule
ville de Washington que dans le Japon tout entier ?

Et de quoi vivent les avocats ?

De l'aide à la décision, de la gravure dans le marbre
des décisions (les contrats) et du bris de ces marbres
(les procès).

Tant de présence divine et un tel fourmillement d'avocats… L'enquêteur le plus maître de ses nerfs ne peut
s'empêcher d'esquisser un sourire. Il est arrivé à bon
port. Washington est bien une capitale de la décision.

*
* *

Comme Washington est la capitale des décisions les
plus importantes, des décisions qui concernent toutes

les parties du monde, il y a beaucoup de couleurs de peau dans les rues. Forcément. Les êtres humains viennent de toutes les parties du monde pour tenter de participer à la décision qui les intéresse.

À ceux qui, comme moi, aiment tout à la fois la proximité de la décision et le spectacle de la diversité épidermique de notre planète, je conseille un banc, à la pointe ouest du triangle formé par la 18th Street, H Street et Pennsylvania Avenue. Vous aurez une vue imprenable sur un immeuble de verre, rendez-vous de tous les peuples de la Terre.

Certains vous diront qu'un autre banc, new-yorkais celui-ci, face au siège des Nations unies, vous procurera plus de plaisir encore. Ne les écoutez pas. Car l'ONU décide rarement. Tandis que, dans mon immeuble de verre, on n'arrête pas de trancher, choisir, imposer… Mon immeuble de verre est la plus géante des cliniques en même temps que la plus sévère des écoles de la modernité. On y répare la moitié (pauvre) du monde et on tente de lui inculquer les règles de base de toute civilisation.

Mon immeuble de verre est l'immeuble le plus important du monde, puisque c'est celui de la Banque mondiale. Un immeuble où une foule n'arrête pas d'entrer et d'où une autre foule n'arrête pas de sortir. En effet, les banquiers mondiaux sont perpétuellement en mission : quand on est médecin et pédagogue, il faut aller à la rencontre des populations. Des rencontres très profitables pour les compagnies aériennes et les agences de tourisme (un *banquier mondial* ne peut se permettre – standing oblige – de voyager en classe économique). Et aussi bénéfiques pour les banquiers mondiaux, puisque les missions s'accompagnent de frais de mission.

Mais ne soyons pas médisant. L'avidité pécuniaire, chez un banquier mondial qui se respecte, n'est qu'une motivation secondaire. Le vrai moteur du banquier mondial, c'est la passion d'avoir raison en tout, toujours et partout.

À chacun de mes voyages, même les plus lointains, de l'autre côté de la mer, au bout de pistes improbables et défoncées, je suis tombé sur un banquier mondial. Et sur l'irrigation, le paludisme, le microcrédit ou l'alphabétisation des filles, le banquier mondial avait raison.

Deux jours entiers, bien assis sur mon banc, au bord de Pennsylvania Avenue, je n'ai pas quitté des yeux les deux foules bigarrées, celle qui entrait dans l'immeuble de verre et celle qui en sortait, celle qui partait en mission et celle qui en revenait.

J'aurais peut-être dû me lever, me poster devant la porte et poser des questions : puisqu'ils savent tout sur tout, ces missionnaires auraient pu m'expliquer les secrets du coton.

Mais une lassitude m'a retenu. Je savais ce qu'ils me répéteraient tous. Privatisation. Privatisation au Mali, privatisation en Égypte, privatisation en Ouzbékistan, privatisation en Inde…

Comment croire qu'un seul mot puisse répondre à toutes les questions du monde ?

Peut-être qu'une seule banque pour le monde entier, même remplie de foules voyageuses et bigarrées, n'est pas une bonne idée ?

*
* *

J'aime visiter les palais, tous les palais. Comme je souffre du vertige, les montagnes me sont interdites. Alors les palais me donnent ma provision d'altitude. Hauteur sociale à défaut de pics neigeux. Et, comme tous les vrais amateurs, je préfère les palais qui vivent encore leur vraie vie de palais, ceux qui, au lieu d'être devenus musées, comme la plupart, abritent encore des rois, des reines ou, mieux encore, des présidents, c'est-à-dire des puissants.

J'ai donc sonné à la porte du palais des palais, le lieu, en cette planète, de la toute-puissance sur toutes choses (et donc aussi sur le coton), la Maison-Blanche.

Le conseiller agricole de G.W. Bush, Charles Conner, m'a répondu que je me trompais de lieu de décision. C'était le Congrès des États-Unis qui avait la haute main sur ces affaires sensibles. Notamment un certain Charles Stenholm, la personnalité la plus influente du secteur.

J'ai remercié. Et, par une matinée glaciale, me suis rendu dans D Street.

Quelle ne fut pas ma surprise de découvrir que ce parlementaire était hébergé par un cabinet… d'avocats !

En fait, l'honorable Charles Stenholm venait d'être battu aux dernières élections. Mais il avait bien représenté le Texas vingt-six ans durant. Et, pour plus de précision géographique, à peine étais-je entré dans son bureau qu'il releva le bas de son pantalon pour me montrer sa botte droite où était gravée la forme de sa circonscription. Le lendemain même de son échec, un cabinet de lobbying, spécialisé dans les dossiers agricoles, l'embauchait.

Je ne pouvais recevoir plus claire leçon sur le système politique américain, ce tissage serré (et parfaitement légal) entre le Parlement et les groupes de pression.

Ce Charles Stenholm est un combattant du coton. Un mur l'atteste, tapissé de photos (l'honorable Stenholm en compagnie de Bush père et de tel ou tel ministre, l'honorable Stenholm au volant d'une moissonneuse John Deere, l'honorable Stenholm au milieu d'un champ tout blanc...). Ce mur, Charles l'appelle tendrement *the me wall*. Comment traduire cette contraction dont l'anglais a le génie? « Le mur-moi », « le mur consacré à moi » ?

Il continue de faire visiter.

– Cette peinture, là, sur la droite, est l'œuvre de ma femme. Vous pouvez voir notre ferme. Et, dans le fond, notre église. Notre plantation se trouve non loin de Lubbock. Huit cents hectares.

Dans un meuble vitré, des coupes s'alignent, d'innombrables trophées remportés par notre ami. L'Association des planteurs du Texas remercie C. Stenholm pour son action (juillet 1991); la Confédération des cotonniers salue le *congressman* Stenholm pour son dévouement à la cause cotonnière; l'Union des industriels du textile rend hommage au valeureux fils du Texas, Charles Stenholm…

Notre ami est lyrique.

– La première force, le véritable socle de l'Amérique, c'est la famille. Et le coton est l'une des familles américaines les plus soudées. Personne ne pourra nous diviser.

Notre ami est déterminé.

– Ceux qui attaquent le coton américain trouveront à qui parler.

Notre ami a ses idées sur la géopolitique.

– La plainte contre nous à l'Organisation mondiale du commerce ? Vous savez par qui elle a été déposée ? Le Brésil et les pays africains. Vous ne trouvez pas cette alliance un peu bizarre ? Superficie moyenne des fermes au Brésil : plusieurs milliers d'hectares. En Afrique : quatre ou cinq.

Notre ami est libéral.

– Nous croyons à la vérité et à la justice du marché. Nous abolirons de bon cœur nos subventions quand le reste du monde, à commencer par les Européens, abolira les siennes. Et n'oubliez pas d'aller enquêter aussi en Chine. Les Asiatiques sont les rois des aides déguisées.

Notre ami est fier de son pays.

– L'Amérique aime son agriculture. L'agriculture est le terreau de nos valeurs. Quand un pays abandonne son agriculture, il perd son âme.

Notre ami est modeste.

– Le véritable défenseur de notre culture est Mark Lange, le directeur général du Conseil national du

coton. Passez donc le voir à Memphis. Il vous expli-
quera tout.

Notre ami est accueillant.

– Tant que vous y êtes, poussez donc plus à l'ouest,
vers le haut Texas. La plantation familiale se trouve à
Erickdahl. Nos grands-parents venaient de Suède. C'est
mon fils qui, maintenant, gère la ferme. Vous verrez
aussi mon petit-fils. Il a neuf ans. Je lui ai offert un fusil
à sa taille. Pour bien chasser, il faut commencer tôt.

Les fantômes et le grand manitou

En découvrant le très grand fleuve appelé *Mee-zee-see-bee* (« le père de toutes les eaux ») par les Indiens locaux, les premiers émigrés lui trouvèrent un petit air de Nil. Ils décidèrent de s'établir sur ses rives. Où trouver un endroit promis à un plus rayonnant avenir ? Et la ville qu'ils entreprirent de construire, ils la baptisèrent du nom de la toute première capitale de l'Égypte : Memphis (plus de vingt siècles avant Jésus-Christ). Ces émigrés avaient de la culture. Et leurs successeurs, de la constance : ils ont élevé près du pont une pyramide géante, non loin de l'endroit où fut assassiné Martin Luther King. C'est leur centre de conférences.

Comment échapper au passé après un tel commencement ?

Memphis n'a pas le monopole de la nostalgie. Lisbonne lui dispute la palme, ou São Luís do Maranhão. Mais l'évidence vous frappe dès les premiers pas : Memphis est une ville qui se nourrit de mémoire. Et d'abord de cette forme particulière de la mémoire : la musique.

Le blues a dû naître un jour dans un champ non loin d'ici, fils de l'esclavage et de la peine au travail. Dans ce champ comme partout alentour, on cultivait du coton. Car c'est de cette manne que vivait Memphis. Si bien que dans l'âme de la ville se répondent à jamais les deux inséparables regrets : le regret du temps où le coton du Tennessee régnait sur le monde ; le regret du temps où l'air lui-même chantait le blues.

La lumière du jour ne flatte personne. Le cœur de Memphis n'est qu'un amas de bâtiments grisâtres de toutes tailles et styles sur lesquels règnent les parkings. Ils occupent les meilleurs endroits, ils s'élèvent sur cinq, six étages. Pourquoi s'en étonner ? Chacun sait que les automobiles ont beau, parfois, pisser l'huile et cracher de la fumée, elles ne s'engueulent que rarement la nuit, ne forniquent jamais bruyamment et n'engendrent aucune insupportable progéniture. Sans conteste, elles sont meilleurs locataires que les humains. Pourquoi les priver d'une vue sur le fleuve ?

L'homme pour qui nous sommes venus, Mark Lange, le directeur général du National Cotton Council, va-t-il nous recevoir ? Le NCC est l'association de tous les professionnels américains du coton. Marjorie, l'assistante, est une Noire poudrée, hautaine et glacée. Elle nous a laissé peu d'espoir.

– M. Lange est très occupé... Quel dommage ! M. Lange se trouvait à Washington en même temps que vous... Rappelez-moi votre nationalité ? Français ? M. Lange se méfie des contrevérités... Nous vous rappellerons.

En attendant que sonne le portable, je regarde barboter les canards. Ces aimables créatures sont l'attraction de l'hôtel Peabody (le palace local). Ils habitent la fontaine du hall principal, face à la réception, et se promènent, caquetant, parmi les clients qui gloussent.

C'est dans un salon privé du Peabody que, le 21 novembre 1938, quelques puissants du secteur ont décidé, pour défendre leurs intérêts, de créer le NCC.

La nuit, la ville reprend ses marques avec l'arrivée des fantômes. Les plus bruyants peuplent Beale Street. Durant la guerre civile, Ulysses Grant, le général nordiste, y installa son quartier général. Imité bien plus tard par W. C. Handy, le créateur de *Saint Louis Blues*, et par nombre de ses disciples, dont Elvis Presley, dès le milieu des années 1950.

Pour être plus silencieux, les fantômes qui ont élu domicile le long du fleuve ne sont pas moins présents. Il faut seulement connaître le lieu de leurs rendez-vous : un immeuble des plus austères, au 64, Union Street. De bons yeux sont requis et une lampe pour déchiffrer la plaque de cuivre à demi effacée :

> COTTON EXCHANGE
> BUILDING

Votre effort de lecture n'est pas fini. Marchez trois pas, tournez à gauche, vous êtes sur Front Street, la rue qui longe le fleuve. Un poème vous attend. Lui aussi gravé dans le cuivre. Un hommage au lieu. Encore un regret.

Front Street

Many have traveled far and wide
Who have lived on F. S.
They have fought and bled and died on F. S.
But with memories of the past
Crowding around me thick and fast
I want to stay until the way last on F. S.

There's been many a gallow knight on F. S.
Who has fought a valiant fight on F. S.
There've been battles won and lost
There've been clawed and gored and torred
By bulls and bears at awful cost on F. S.

You're not a very tidy place F. S.
And you have a dirty face F. S.
But in your buildings bleak and cold
There beats many a heart of gold.

[Maintes gens ont voyagé de par le monde
Qui ont vécu dans F.S.
Ils ont combattu, versé leur sang et rendu l'âme
dans F.S.
Mais avec les myriades de souvenirs
Qui se pressent autour de moi
Je veux rester jusqu'au Jugement dernier dans F.S.

Il y eut maints chevaliers mélancoliques
Qui se sont illustrés dans de nobles combats dans F.S.

Il y eut des batailles gagnées, d'autres perdues
Il y en eut qui furent transpercés, encornés, éventrés
Au prix de leur vie par des taureaux et des ours
dans F.S.

Tu n'es pas un endroit très rangé, F.S.
Et puis tu as le visage souillé, F.S.
Mais au fond de tes logis tristes et froids
Battent des cœurs d'hommes qui ont valeur d'or.]

Qui est donc ce W.J. Britton, l'auteur de l'hymne ? Des secrets nous attendent de l'autre côté de la porte.

Les fantômes ne viennent pas là par hasard. Les souvenirs ont envahi le hall : des dizaines de photos des temps anciens. Les premières machines à cueillir. Un vapeur sur le fleuve écrasé par les balles. Des ingénieurs posant devant le dernier cri des égreneuses. Elvis, Elvis lui-même, son sourire boudeur aux lèvres : il embrasse un enfant qui lui tend une tige de cotonnier.

Une vitrine entière est consacrée aux transmissions. Les ordres de transaction du coton étaient envoyés par télégramme. Il fallait donc réduire le nombre de mots. Un premier code est créé par un certain C.B. Howard Jr en 1926. Trois ans plus tard, il est supplanté par un nouveau système inventé par Theodore Buenting : en combinant cinq lettres de toutes les manières possibles, les commerçants peuvent tout se dire sans perdre un temps précieux.

Buenting, Howard… la honte vous prend de ne rien savoir de ces gloires cotonnières. Et revoilà W.J. Britton, chapeauté et solennel parmi quelques adjoints, oui, ce même Britton, l'auteur du poème. Saviez-vous que son vrai métier était la finance et qu'un temps il dirigea cette Bourse ?

L'antichambre, tout cuivre et bois précieux, a rempli son rôle initiatique. Maintenant, par une porte battante, nous pouvons pénétrer.

Une vaste salle rectangulaire. À une extrémité, un bureau. À l'autre, une balle : deux cent vingt kilos de coton grisé par la poussière. Cinq rangées de fauteuils où se tenaient les offreurs et les acheteurs. Ils regardent des cabines téléphoniques surmontées par une mezzanine tapissée d'un interminable tableau noir. Chaque État a sa ligne :

ALABAMA

ARIZONA

ARKANSAS

CALIFORNIA

etc.

Et, de gauche à droite, les colonnes se succèdent :

Crop report, Prospective, Qualities…

La lumière est faible et tremblotante, d'autant que l'interrupteur a enclenché en même temps trois ventilateurs et que les lampes sont vissées au-dessus des pales. À travers les fenêtres de verre opaque qui donnent sur Front Street passent les phares de voitures. La salle s'emplit d'ombres mouvantes.

Cette Bourse a fermé depuis bientôt trente ans. Alors pourquoi les cases du tableau sont-elles toutes garnies de chiffres ? Quelle craie résiste à tant de temps passé ?

M. Stanley me murmurera la réponse en sortant. Il est chargé de concevoir le futur musée du coton et s'inquiète : verra-t-il seulement le jour ? Les financements, pourtant promis, sont si longs à venir…

– J'ai suivi vos yeux. Vous avez compris, n'est-ce pas ? Nos anciens se relaient. Chaque matin, l'un d'eux appelle de New York. Vous pouvez lui faire confiance. Plus personne ne vient pour le commerce. Mais ce sont les vrais cours qu'il inscrit sur le tableau. Memphis est une ville fidèle.

Dehors, le pont de fer ressemble à une tour Eiffel couchée et la pyramide brille de tous ses feux publicitaires. Mais sur Front Street toutes les maisons de négoce sont fermées. Les portes-fenêtres murées. Seules survivent deux boutiques, l'une spécialisée dans les tatouages et l'autre dans l'histoire du blues. Une loupiote bleue veille sur une collection de guitares.

*
* *

1918, North Parkway, juste en face du zoo, le bâtiment de brique rouge, haut d'un seul étage, ne paie pas de mine malgré son fronton néo-grec. Dans ce quartier résidentiel, bien d'autres demeures en imposent davantage.

La porte d'honneur est close. Après quelque temps d'une attente angoissée (M. Lange serait-il revenu sur sa décision de vous recevoir ?), vous comprenez qu'il faut passer par-derrière. Présentez-vous devant une caméra. Souriez-lui gentiment. Des ordres sont donnés. Vous êtes dans le Saint des saints. Une entrée modeste. Aucun luxe apparent, mais de la fierté plein les murs, des dizaines de plaques en métal doré ou argenté attestant des bons services rendus par le NCC. Le temps de traverser un hall (c'est lui que protège la porte close ; il est luxueux, celui-là : fauteuils de cuir, bois tropical pour la table basse, au mur portraits des anciens responsables), et voici…

… Mark Lange !

On dirait un gros enfant de grande taille, à peine vieilli : bien enrobé ; bonnes joues rondes ; derrière de grosses lunettes, regard rieur de tête de classe.

Un gros enfant qui, tranquillement, en guise d'amuse-gueule, vous lance un chiffre :

– Trente milliards de dollars.

Et de vous préciser, comme il vous décrirait avec orgueil son dernier jouet, que cette somme représente le chiffre d'affaires des membres du Conseil qu'il a l'honneur de diriger.

– Nous défendons les intérêts de toute la filière cotonnière, du planteur au distributeur de textile en passant par les fabricants de matériel, les créateurs de semences, les inventeurs d'insecticides, les fileurs, les tisseurs…

Marjorie, l'assistante noire trop poudrée, boit les paroles de son patron sans un instant quitter de l'œil ces visiteurs français : manifestement, ils ne lui disent rien qui vaille.

Comment ne pas partager cet orgueil ? Les intérêts de ces diverses corporations sont tout à fait divergents. Seul un jongleur de grande classe peut les garder unies. Et seul un illusionniste d'exception peut cacher à l'ensemble que les uniques bénéficiaires du système sont les planteurs.

Décidément, le gros enfant à la chemise bleu clair est un maître.

La machine inventée avant lui mais perfectionnée – ô combien – par lui combine la physique des fluides et l'horlogerie fine. Résumons et simplifions :

Les fermiers américains incarnent quelques-unes des valeurs fondatrices de la nation, notamment la virilité et la vie au grand air, OK ? OK ! Comment ne pas aimer les fermiers ? Tous les cinq ans, une loi-cadre définit la nouvelle politique agricole de l'administration (je veux dire qu'elle promet au secteur un certain montant de subventions) : c'est le *Farm Bill*. Faut-il continuer d'aider tellement cette population, pittoresque et valeureuse, certes, mais peu nombreuse, à peine deux pour cent du pays ?

Pendant des mois, c'est la guerre : au-delà des clivages partisans, les parlementaires des circonscriptions rurales et les autres s'affrontent. Les lobbies s'agitent. La presse pérore. La résultante de ces forces aboutit à un chiffre. Après quelques ultimes soubresauts, la paix revient. Les oiseaux recommencent à chanter sur le champ de bataille.

Résultats pour la période 2003-2007 : dix milliards de dollars de promesses aux paysans américains.

Le NCC pouvait pavoiser : c'est lui qui avait mené l'armée des lobbies agricoles.

Restait, pour Mark Lange et ses amis, le plus délicat : comment faire tomber dans l'escarcelle des cotonniers la plus grosse part de cette manne ? À mon grand regret, je n'ai pas de lumières sur les ruses employées. Je salue seulement le résultat.

Les Américains sont beaux joueurs. Un vainqueur, quel qu'il soit, doit être célébré. Sans rancœur ni vergogne. C'est ainsi qu'une fois de plus, en 2003, le NCC reçut le prix du meilleur lobby des États-Unis.

L'efficacité de Mark Lange tient beaucoup à ses qualités d'horloger. Un bon patron de lobby se doit de maîtriser à la perfection le calendrier politique. À Washington, dans ce drôle de bal de la démocratie américaine où, du matin jusqu'au soir, tout le monde danse avec tout le monde, les intermittences du cœur ont leurs lois. Les séducteurs *lobbyist*, tantôt enjôleurs et tantôt maîtres chanteurs, connaissent les périodes où baisse la résistance de leurs proies, les parlementaires : lorsqu'on approche d'un scrutin. L'art premier du lobbying consiste donc à tisser le temps des revendications dans le rythme des élections. Élection présidentielle tous les quatre ans, élections législatives tous les deux ans. Comme par hasard, un quart des personnalités les plus influentes du Congrès représentent des États cotonniers. Et l'on peut déjà prévoir un bon accueil des demandes paysannes pour le prochain *Farm Bill* : son entrée en vigueur (2008) coïncide avec une bataille pour la présidence.

Mais le métier est compliqué. Parallèlement à ces pulsations nationales, le *lobbyist* doit se préoccuper des chronologies multilatérales. L'Organisation mondiale du commerce a ses cadences avec lesquelles il faut aujourd'hui jouer, sinon compter.

Comment répondre à la condamnation par l'OMC des subventions de l'administration américaine à ses cotonniers ?

D'abord gagner du temps, ensuite globaliser. Les deux tactiques n'en font qu'une. Il faut mettre au menu des prochaines sessions de l'OMC l'élimination de l'ensemble des subventions (et pas seulement américaines) à l'ensemble des productions agricoles (et pas seulement cotonnières). Un débat mondial d'une telle ampleur forcément s'éternisera. Et, pendant ces longs, très longs travaux, la belle mécanique de Mark Lange continuera, sans dérangement majeur, de distribuer ses grosses oboles.

– L'Amérique clame partout les vertus du libéralisme. Comment défendez-vous ce système si contraire à la logique du marché ?

– Personne n'est plus libéral que moi. Un monde sans aucune subvention serait meilleur. Voilà pourquoi, je le répète, supprimons en même temps, et tous ensemble, toutes les subventions, les visibles et les autres. Nous en avons la liste. Vous savez combien l'Union européenne accorde d'aide à ses producteurs de coton ? Un milliard de dollars chaque année et pour seulement deux pays, l'Espagne et la Grèce ! Et la Chine, c'est pareil. Pourquoi sommes-nous les seuls à être critiqués ?

– Parce que votre pays est, de loin, le plus gros vendeur de la planète : quarante pour cent de toutes les exportations. Votre système casse le marché !

Mark Lange sourit sans marquer aucune impatience. Mille fois il a entendu l'argument et mille fois il a répondu. Mais répéter, encore répéter, sourire, encore sourire, sont les deux tâches principales d'un *lobbyist*. Il cite des études. Études sérieuses. Grands professeurs. Meilleures universités. Vous avez de bonnes universités en France ? Ces études sont formelles : le cours mondial ne dépend pas de nous. Soyons précis : influence négligeable, à peine quantifiable.

Plus tard, dans le charmant motel où nous nous sommes installés, *French quarters*, étape appréciée par les amoureux clandestins (en fait, c'est un vieux bordel, baignoires craquelées mais géantes, fontaine tropicalo-danoise au milieu du salon, plantes exotiques d'où émerge une sirène élancée), je consulterai d'autres chiffres. Les subventions soutiennent artificiellement des productions non rentables. Sans elles, les paysans américains cesseraient de planter du coton. L'offre diminuant, les cours reprendraient de la vigueur : une hausse comprise entre cinq et dix-sept pour cent selon les experts.

En compagnie des méduses

Tennessee.

Un petit soleil d'avant-printemps donnait juste ce qu'il fallait de douceur à l'air et d'éclat aux chromes des camions géants qui nous dépassaient en couinant. Gros animaux semblant venir d'une autre planète et pressés d'y retourner, loin, très loin du Tennessee. Les champs étaient tout à fait plats et vides : libre à moi d'y installer l'ancien temps, les esclaves noirs, les maîtres à cheval. Le Tennessee avait réussi sa Sécession. L'agitation du reste des États-Unis ne le concernait pas.

Comment pouvais-je prévoir le vertige qui m'attendait à Knoxville ? Quittant Memphis vers l'est, l'autoroute 40 m'entraînait doucement sur des terres qu'il me semblait connaître depuis toujours, même si c'était là mon premier voyage. Les terres d'où montait la vieille double histoire emmêlée, celle du coton et celle de la musique. Pour me préparer à la visite du laboratoire, bien calé au fond de la grosse et lourde voiture, je relisais mes notes sur les manipulations génétiques.

*
* *

1900.

À peine les feux de la guerre civile se sont-ils éteints, à peine les campagnes trouvent-elles un nouvel équilibre, après la fin de l'esclavage, que, déjà, un autre bouleversement se prépare. Une toute petite bête, un insecte vient de traverser le Rio Grande et semble pris de passion pour le coton américain. Il s'appelle Boll Weevil et les pratiques de sa femelle ne sont pas acceptables : avec son rostre, elle perce un trou dans le bouton de la fleur et y dépose un œuf. Bientôt les larves naissent et se mettent à dévorer ce qui les entoure. Le sol se couvre de boutons morts. On peut déjà prévoir que la récolte sera désastreuse.

Comme le chante un blues de l'époque[1] :

Well, the merchant got half the cotton,
The Boll Weevils got the rest.
Did'nt leave the poor farmer's wife
But one old cotton dress
And it's full of holes, full of holes.

[Eh bien, les marchands prennent la moitié du
coton,
Les Boll Weevils prennent le reste.
Ils ne laissent à la femme du pauvre fermier

---

1. Cité par Stephen Yafa, *Big Cotton*, Viking, New York, 2005.

Qu'une robe de vieux coton
Et qui est pleine de trous, pleine de trous.]

Les uns après les autres, les États sont touchés. La bête avance vers l'est de soixante kilomètres chaque année.

C'est pour tenter de lutter contre cette invasion que les planteurs vont prendre l'habitude de déverser sur leurs champs de coton des litres et des litres d'insecticide (près de la moitié de tous les insecticides employés par l'ensemble de l'agriculture américaine). Auxquels vont bientôt s'ajouter des litres et des litres de désherbant.

C'est à ce prix, de plus en plus élevé pour les finances et pour l'environnement, que les agriculteurs américains continuent de produire du coton. D'année en année, l'industrie chimique trouve de nouvelles armes. Faisons confiance aux États-Unis : ils savent mobiliser leurs énergies, surtout quand un marché hautement profitable s'annonce. Ils se veulent « une nation de solutions, pas une nation de problèmes ».

1976.
L'entreprise Monsanto lance sur le marché un herbicide qui tout de suite fait fureur. Les techniciens l'appellent glyphosate, les autres *Round up*. Son « large spectre » ne laisse aucune chance aux végétations inopportunes. Financées par ce best-seller mondial, les recherches continuent à Saint Louis (Missouri), siège de Monsanto. Sept ans plus tard, le jeune Rob Horsh, l'un de ses biochimistes, annonce qu'il vient de modifier génétiquement un… pétunia.

Pauvre pétunia ! Son heure de gloire ne va pas durer. Ce n'est pas à lui qu'on s'intéresse, mais aux perspectives commerciales immenses qui s'annoncent.

Comment agit le *Round up* ? Versé sur une herbe, il désactive chez elle l'enzyme productrice des acides aminés. Privée de ces acides, l'herbe meurt. Il suffit de prendre le gène de cette enzyme ; de le rendre résistant au *Round up* ; puis de l'insérer dans un cotonnier. Lequel supportera sans dommage une pluie de glyphosate, au contraire de toutes les plantes voisines qui décéderont en peu de jours.

Monsanto vient d'inventer le double filon : vendre *à la fois* l'herbicide et la semence de la plante qui résiste à l'herbicide.

Allons plus loin. Cherchons maintenant un moyen de développer, chez le cotonnier, une capacité à tuer ses autres ennemis.

Dès le début du xxe siècle, les scientifiques connaissaient l'existence du *Bacillus thuringiensis* (BT), un microbe des plus sympathiques puisqu'il tue les chenilles et les larves en perçant leur paroi intestinale. En conséquence, les paysans ont aspergé leurs champs de BT, espérant se débarrasser du maximum d'insectes. Peine souvent perdue. Les petites bêtes, bien cachées au creux de la fibre, évitaient sans mal le flot toxique.

Vient alors aux équipes de Monsanto l'idée d'insérer le gène du *Bacillus* dans le cotonnier lui-même. Les prédateurs ne pourront échapper à leur destin, puisque l'arme qui va les occire se trouve dans leur proie même.

Aussitôt imaginé, presque aussitôt réalisé.

Et voici que naît la semence d'un nouvel arbuste doublement résistant aux herbicides et aux prédateurs.

Comment ne pas s'intéresser à cet enfant prodige de la biologie moderne ?

*
* *

Le professeur Neale Stewart, savant mondialement réputé en génétique botanique, a beau porter la blouse blanche, il lui reste un emblème qui ne trompe pas : une barbe un peu trop longue. Neale confirme qu'il fut hippie à son heure. Mais la vivacité de son regard prouve que le botaniste n'a pas trop abusé de l'herbe. Il pense vite et gaiement. Son accueil est chaleureux : appelez-moi Neale. Il a travaillé sur le coton, tellement travaillé qu'il se demande si les plantes modifiées par lui peuvent encore s'appeler coton.

– Il faut être honnête avec le nom des choses, vous êtes d'accord ?

Je suis d'accord.

– Ne vous en faites pas. Je n'ai pas abandonné le coton. Mais je me suis offert de petites vacances. La botanique en est encore à ses balbutiements. Vous voulez que je vous montre ?

Comment refuser ? Quelle merveille nous prépare le Tennessee ?

Neale Stewart a éteint la lumière.

Dans le noir, trois taches sont apparues, trois lignes verticales, *phosphorescentes*. Auparavant, il y avait là, dans un bac, sur la grande table du laboratoire, une petite forêt de graminées.

– Qu'est-ce que vous en pensez ?

Ses mots vibrent de contentement.

– Je ne comprends pas. Que se passe-t-il ?

– Notre technique doit être améliorée. Mais nous approchons du but. Prévenez vos amis écologistes européens : nous allons leur faire aimer les modifications génétiques.

Il rallume. Comme si j'avais besoin, pour le comprendre, de toute la clarté possible.

– Voilà. Je vous explique. Les méduses sont de drôles d'animaux. On a découvert qu'à proximité de certaines substances elles s'illuminent. Vous devinez la suite.

Je prie Neale Stewart de continuer sa leçon.

– Nous avons introduit des gènes de méduse dans certaines des graminées que voici. Nous les avons plantées sur ce terreau que nous avons mélangé avec de la poudre. Oui, de la poudre dont on fait les explosifs…

L'enthousiasme lui fait accélérer son débit.

– Bientôt, grâce à la botanique, on débarrassera la planète de toutes les mines enterrées, celles qui fracassent tant de jambes d'enfants. Il suffira de lancer d'avion sur le terrain suspect les semences des plantes modifiées. Une fois poussées et la nuit venue, leur phosphorescence indiquera l'endroit précis où sommeillent ces engins de mort. Merci aux méduses ! Quand je pense que la plupart des gens détestent ces bestioles ! Bon. Nous avons bien mérité une petite chanson, n'est-ce pas ?

Et le professeur Neale Stewart se dirige vers un placard, juste derrière ses plantes magiques, et en sort une guitare.

– Ne vous en faites pas. Le Tennessee ne l'a pas oublié, votre cher coton !

> *When I was a little bitty baby*
> *My mama would rock me in the cradle*
> *In them old cotton fields back home*
> *It was down in Louisiana*
> *Just about a mile from Texarkana*
> *In them old cotton fields back home...*

> *[Quand j'étais tout petit enfant,*
> *Ma mère me berçait dans mon berceau,*
> *Dans nos vieux champs de coton*
> *C'était en Louisiane, pas loin de Texarkana*
> *Dans nos vieux champs de coton*

> *Et quand les champs de coton pourrissent*
> *On ne ramasse pas beaucoup de coton.*
> *Dans nos vieux champs de coton*
> *C'était en Louisiane, pas loin de Texarkana*
> *Dans nos vieux champs de coton.]*

Le pied droit du chanteur frappe joyeusement le carrelage du labo. Son visage rayonne. Je l'ai vu dès le premier regard : l'enfance n'est jamais loin, chez le professeur Neale Stewart. Elle affleure, toujours prête à submerger.

Deux assistantes, un peu intimidées, tapent dans leurs mains. Elles sont brunes et toutes petites, sans doute des descendantes de Mexicains.

Et moi, au lieu de me mêler à la fête, dans cet endroit si sympathique des Appalaches, moi, je fourbis les arguments des écologistes européens.

J'évoque d'abord ces contrats obligatoirement signés par les paysans. Est-il vrai qu'ils s'engagent à n'utiliser qu'une seule fois les semences génétiquement modifiées ? Ceux qui replantent des graines issues de la récolte, confirmez-vous qu'ils sont sévèrement condamnés par les tribunaux ?

L'ex-baba lève les bras au ciel :

– Vous ne rémunérez pas le travail, en Europe ? Qui a investi des millions de dollars dans les recherches nécessaires pour créer ces semences ?

– Mais, une fois entré dans l'engrenage, le paysan n'en peut plus sortir !

– Libre à lui de revenir au Moyen Âge et de se ruiner en désherbants et en insecticides !

L'ex-baba a gardé de sa jeunesse militante le goût du débat. Et se réjouit de pouvoir s'entretenir avec un habitant du Vieux Continent, partie de la planète dont les réactions, décidément, l'étonnent.

Longtemps dure la discussion. Une à une, je présente les objections (ô combien légitimes).

L'accoutumance ?

– Avec les traitements anciens, il fallait aussi augmenter les doses.

La transmission des mutations à d'autres plantes ?

– La meilleure façon de les contrôler, c'est d'en mieux connaître les mécanismes.

Les risques sanitaires ?

– Aucun n'est démontré.

Le professeur a réponse à tout, en parfait citoyen d'une « nation de solutions » face au représentant d'une vieille civilisation engoncée dans son « principe de précaution ».

Il me quitte sur une dernière remarque :

– Je sais que vos lobbies antigénétiques sont parvenus à faire interdire la recherche. Interdire la recherche ! Comment acceptez-vous cet obscurantisme ? De plus en plus, dans ce domaine comme dans les autres, nous avons l'impression que l'Europe refuse son époque. Et se suicide. L'Europe, berceau de la science moderne !

Ce n'est pas le genre de propos qu'il est agréable d'emporter avec soi.

Je ne recommande à personne une soirée dans un motel de Knoxville (Tennessee) en la seule compagnie d'une telle vérité.

Un chien, des chevaux
mécaniques et du vent

Qu'est-ce qu'un pays plat ?

La sagesse locale donne la meilleure des réponses : ne t'inquiète pas pour ton chien. Aucune chance de le perdre. Il peut s'enfuir où il veut, courir trois jours et trois nuits, jamais tu ne le perdras de vue.

Rien.

Le regard se porte un à un sur les quatre points cardinaux sans rencontrer le moindre relief. À peine un arbre salue-t-il de temps à autre. Les horizons sont nus. Il paraît qu'ils se succèdent ainsi jusqu'au Canada. Pourquoi pas jusqu'aux glaces de l'Arctique ?

Se pourrait-il que notre planète ait, sans nous en avertir, soudain cessé d'être ronde ? Heureusement, les camions nous rappellent à la vérité scientifique. Là-bas, au loin, tout au bout des routes infiniment rectilignes, on n'en voit d'abord que les toits, une surface qui miroite. Peu à peu, comme ils approchent, ils sortent de terre. À peine passés, l'invisible courbure du sol les reprend, ils recommencent à s'enfoncer. Peut-être sont-ils timides

et se cachent-ils ? Serait-ce pour cela qu'on ne voit rien
de leur cargaison ?

Fin mars.

À l'infini, la terre est rouge. Et déserte : les plantations ne commenceront que début mai. Au milieu de ce
vaste, si vaste vide, le voyageur le plus aguerri à toutes
les solitudes sent monter en lui un besoin vital : un
besoin de présence, de n'importe quelle présence. C'est
dire s'il accueille avec soulagement, gaieté même, le
troupeau de chevaux sombres qui paissent çà et là dans
les champs. Un examen rapide lui apprend qu'il s'agit
de machines et non d'animaux. Dans son cerveau, la
petite ritournelle de la raison a beau ricaner : tu vois
bien qu'il s'agit de pompes, aucun rapport avec la poé-
sie ou la vie sauvage de la prairie, ce ne sont que de vulgaires pompes qui sucent du pétrole. Qu'importe. La
compagnie de chevaux, même mécaniques, est bonne
à prendre. Car le mouvement de ces faux chevaux a
quelque chose de doux et de désespéré qui serre le cœur.
Ils gémissent. Sans fin ils se penchent, se redressent et
de nouveau inclinent la tête vers le sol. Salut ou prière
mille et mille fois répétés.

La seule autre présence rappelle les oiseaux. Ou plutôt ces imitations, ces hypertrophies d'oiseaux : les
avions. Je sais bien que ce sont des engins d'irrigation,
ces longs arceaux de ferraille montés sur roulettes et
d'où pendouillent des tuyaux, mais je préfère tellement
y voir des carcasses de dirigeables ou d'autres aéronefs
qu'il me semble bientôt longer les vestiges d'un très
ancien terrain d'aviation.

Plus encore que sur la mer, et battu par le même vent, le vide de ces hautes plaines du Texas appelle au secours l'imagination. On comprend que les populations locales soient si religieuses. Qui, Dieu excepté, peut peupler un tel désert ? Et puisque, selon les sources les mieux informées, Il habite le ciel, où trouver dans cette désespérante platitude meilleure référence en matière de verticalité ?

Les villages sont moins signalés que les fermes. Farm 67 Road croise Farm 72 Road. De cette intersection partent des chemins qui conduisent à d'autres fermes : la 202, c'est à droite ; la 208, à gauche.

Depuis des miles et des miles, je suis avec obstination la 303 Farm Road. Pourquoi ce choix alors que tant d'autres me tendent les bras ? Quelque chose me dit que telle est ma destination et qu'elle seule, et aucune de ses collègues, me livrera les secrets du coton texan.

Hélas, je n'atteindrai jamais la ferme 303.

Car soudain surgit à l'horizon une agglomération, je veux dire quelques bungalows à peine plus hauts que la plaine :

WHITEFACE

---

indique un panneau qui ajoute à petites lettres timides et fraîchement repeintes :

435 habitants

Impressionnante précision qui appelle deux questions :

1. Un préposé peintre corrige-t-il le chiffre sitôt que bouge l'état civil ?

2. Où sont-ils, ces 435 ?

Les voitures sont là, pick-up, quatre-quatre ou berlines, mais aucun Whitefacien, aucune Whitefacienne.

Whiteface : d'où vient ce nom ?

Visage blanc, visage clair, visage pâle…

Est-ce un avertissement aux anciens habitants à peau rouge, est-ce une manière de leur faire clairement comprendre qu'ils ne sont plus ici chez eux ?

J'avais mauvais esprit. La bonne réponse est fournie, entre deux gorgées de bière et quelques hoquets annexes, par l'adolescent qui tient la caisse de l'unique et minuscule supermarché. Spécialités : boissons sucrées, cartes postales représentant Jésus, clefs à bougies et gâteaux secs.

– Whiteface… ? C'est à cause des bêtes… les vaches, si vous préférez… ici elles ont la tête blanche.

– Je n'ai vu aucune bête dans les champs.

– Je vous dis ce que disent les vieux… Les vieux se souviennent des animaux.

*
* *

Whiteface, nous raconte l'adolescent-caissier, a aussi une banque, une église, une épicerie-garage et une petite maison de brique rouge, et un musée. Mais le musée est fermé. Depuis combien d'années ? Personne ne sait.

– Mais si vous vous intéressez au temps passé, je peux vous donner la date de l'arrivée du train jusqu'ici.

Je remercie d'avance. L'Europe est un vieux continent. Elle se nourrit de dates.

– C'est ce qu'on m'a dit. L'Europe est vieille. Je crois que je n'irai jamais. Pour le train, c'est 1925.

Quant au musée fermé, il était consacré à l'énergie électrique. À la fin des années 1930, Whiteface avait construit un gymnase. Pour l'inaugurer dignement, on avait invité deux équipes de basket. Au milieu du match, la lumière faiblit, puis ce fut le noir. Le maire et ses adjoints durent parcourir la ville et convaincre un à un les non-sportifs (ceux qui avaient dédaigné le gymnase) d'éteindre leurs lampes, radios et autres appareils dévoreurs d'énergie. La lumière revint peu à peu. Et le match reprit.

*
* *

– Vous vous intéressez au coton ? Alors vous avez de la chance.

L'adolescent-caissier se penche par-dessus son comptoir. Il tend le menton. Soudain, il parle bas :

– Là, derrière vous, le plus gros planteur de la région.

Je me retourne. Un petit bonhomme replet, sans doute la soixantaine, déjeune : une bouchée de beignet, une gorgée de Coca light, et de nouveau une bouchée,

une gorgée. Il regarde droit devant lui. Il porte une casquette rouge sur la tête. C'est un supporter des Spurs.

– Un jour, il parle. Le lendemain, non. Bonne
chance.

Je m'approche.

– Hi.

– Hi.

– Je peux m'asseoir ?

Aucune réponse.

Donc je m'assieds.

– Je viens de France.

– Ah !

– Je m'intéresse au coton.

– Moi aussi.

Le plus gros producteur de la région me tend une
carte de visite, une très belle carte à fond vert :

BOBBY G. NEAL
P.O. BOX 357
WHITEFACE TX 79379

Le coin en haut à gauche est agrémenté d'une photo.
On y voit Bobby assis sur son tracteur. Il brandit la ban-
nière étoilée. En dessous, une phrase enfonce le clou :
Proud to be an American farmer (« Fier d'être un fermier américain »).

– Je peux vous parler ?

– De quoi ?

– Du coton.

Aucune réponse. Beignet. Coca. Beignet. Coca. Inutile d'insister. J'étais prévenu. C'est un jour sans.

Il me faudra attendre le lendemain pour m'entretenir de coton. Le planteur qui accepte de me parler est plus modeste : six cents hectares au lieu de mille cent. Mais il a un chien. Et c'est grâce au chien que nous avons noué connaissance. Il ventait dur, ce jour-là. Une grosse boule d'épines roulait sur la route. Elle semblait venir de très loin, peut-être de l'Arizona ou du Colorado. Le chien jouait avec elle. Quand on ne peut pas se perdre, il faut bien se distraire avec quelque chose. Une rafale plus violente que les autres poussa la boule contre le chien. Il ne pouvait plus se dégager. Je l'ai aidé. Le maître du chien m'a invité sur son tracteur.

– Maudit vent.

– Maudit vent.

Avec une telle introduction et l'amitié des chiens en partage, on devient vite amis.

– Vous voulez connaître la vie d'un paysan du coton ? Vous êtes prêt à ne pas beaucoup rire ? Bon. Par où voulez-vous que je commence ?

Un hangar pour toute ferme. Du matériel usé acheté à crédit : « Je devrai le remplacer avant même d'avoir remboursé mon emprunt. » Une voiture bas de gamme (Ford Cobra). Un bungalow modeste pour loger sa famille… Sauf s'il cache bien son jeu, Joe, en dépit de ses six cents hectares, n'est pas richissime. Et pourtant, comme ses collègues, il touche les fameuses subventions. Des subventions qui n'ont rien de négligeable. Une aide de cent pour cent. Un dollar versé par l'administration pour un dollar reçu de la vente.

Alors, où est l'argent ?

Joe me conduit à la vieille base militaire de Reese.

La récolte 2004 a battu tous les records. On ne sait plus où stocker le coton. Les entrepôts débordant, on a loué l'aéroport aux militaires. Sur le tarmac et sur la piste, des milliers et des milliers de balles montent la garde. Drôle d'armée blanche, protégée par des barbelés et surveillée par une tour de contrôle déserte.

Poliment, vous vous inquiétez :

– Cette production géante va-t-elle trouver preneur ?

On vous sourit comme à un enfant décidément trop ignorant.

– Le monde a toujours besoin du coton américain.

Alors, où va l'argent ?

Venant du Mali où les subventions sont le symbole de la toute-puissance économique, de l'opulence indécente des États-Unis, je m'attendais à rencontrer des milliardaires, j'ai trouvé des petits bourgeois. À peine paysans. Certes, ils cultivent leurs champs. Mais beaucoup ont un autre métier (enseignants, garagistes) et vivent dans la « grande » ville voisine de Lubbock.

Pour aborder ce sujet douloureux, Joe a levé les bras au ciel.

– Ma femme n'aime pas la campagne. Et je ne vous parle pas des enfants.

Avec précaution et tout le tact dont je me crois capable, j'ai demandé à Joe s'il connaissait un milliardaire du coton et s'il accepterait de me le présenter.

– Après tout, ai-je eu le tort d'ajouter, soixante-quinze pour cent des subventions vont aux dix pour cent des plus gros fermiers.

– Je ne fais pas de politique. Surtout avec un Français.

Et c'est ainsi que notre amitié a tourné court. Le tracteur de Joe s'en est allé. Son chien, perché fièrement sur l'aile gauche, ne m'a pas jeté un regard.

Il ne me sera pas donné de discuter avec l'un de ces « gros fermiers », principaux bénéficiaires des activités de Mark Lange. Leurs portes, toujours, me resteront closes.

Mais je rencontrerai leur richesse.

Une capitale mondiale

Avant 1890, la plaine était vide, seulement traversée parfois par d'immenses troupeaux en route vers de lointains abattoirs.

Comment naît une ville ? Soudain, quelqu'un s'arrête. Un homme, peut-être accompagné de sa famille. Il vient de loin, d'un endroit de la Terre où il n'avait plus d'espérance. Sinon, aurait-il choisi l'exil ? Il arrive d'Allemagne ou de Tchécoslovaquie. Il croyait débarquer à New York. Sans le prévenir, on l'a dérouté vers un port de Louisiane ou du Texas. La Nouvelle-Angleterre se juge surpeuplée. Que les émigrants aillent s'installer ailleurs. Depuis, il marche. Un chariot l'accompagne, portant toute sa richesse. Il faut imaginer la lenteur : dix ou quinze miles par jour (vingt kilomètres). Depuis des semaines, le paysage n'a pas changé : la plaine, toujours la plaine, seulement plantée de courtes broussailles.

Soudain l'homme s'arrête. Nul point d'eau pour s'abreuver, nulle falaise pour se protéger du vent. Pourquoi ici plutôt qu'ailleurs ? Pourquoi aujourd'hui plutôt que demain ? Et pourtant il s'arrête, personne ne lui ferait faire un pas de plus. Dès le lendemain, il se met au travail. Bientôt un autre homme, une autre famille le rejoignent. Cent ans plus tard, ils sont deux cent cinquante mille à vivre au milieu de ce grand rien.

Quand on vit au milieu de rien, mieux vaut s'accrocher à quelque chose. Un mot. Un regret. Le souvenir des racines perdues. L'Europe quittée. Lübeck.

Qui deviendra Lubbock[1].

Lubbock est plate. Dans cette région de l'ouest du Texas, le sol n'éprouve aucun besoin de fantaisie. Horizontal la nature l'a fait, horizontal il demeure. Pas la moindre colline, aucune amorce de vallée, jamais. Les humains ont compris cette leçon d'humilité, le message de leur terre. Ici, le gratte-ciel n'est pas de mise. On construit bas. On s'écrase.

Lubbock est vaste. Des hectares de bungalows succèdent à d'autres hectares d'autres bungalows. De temps à autre, des supermarchés surgissent. Un supermarché ne vient jamais seul. Il arrive en bande. On traverse donc, agressé par leurs lumières, des hectares de supermarchés. Ce n'est pas sans soulagement et une sorte de tendresse qu'on voit revenir les bungalows. Les mornes teintes de leurs murs, le gris et le marron, reposent les yeux. Les techniques du marketing sont connues. À la télévision, le son monte à l'heure des publicités. Ici comme partout ailleurs, on « monte » les couleurs dans les zones commerciales.

---

1. Selon une autre version, Lubbock porte le nom d'un ranger, vétéran de la guerre d'Indépendance du Texas, devenu colonel confédéré, Thomas Saltus Lubbock, né le 29 novembre 1817, à Charleston, et mort le 9 janvier 1862, à Nashville.

Lubbock est distendue : en lieu et place de rues, voire d'avenues, ce sont des autoroutes qui traversent l'océan des bungalows. La voiture doit siéger au conseil municipal.

Lubbock est riche. Tout le long de la route 114, on se promène dans un catalogue de très coûteuses demeures. Copie de la Nouvelle-Angleterre (brique, bow-windows, fenêtres à guillotine). Clin d'œil à la Californie (davantage de vitres, un peu d'acier)… Salut à l'ex-opulence allemande (solidité, puissance), on se croirait dans la banlieue résidentielle de Hambourg ou de Francfort. Mais, comme on pouvait s'y attendre, la préférence va au modèle Natchez-Nostalgie : élégance néo-grecque, fronton à colonnades, un je-ne-sais-quoi dans le jardin vous évoque des crinolines – quel dommage ! vous venez de manquer Scarlett.

Référence et révérence obligées.

Car Lubbock vit d'abord de l'or blanc : avec ses alentours, elle produit à elle seule le quart du coton américain.

Les industries fabriquent des machines pour le coton ; les concessionnaires automobiles vendent des voitures et des camions pour transporter le coton ou ceux qui le cultivent ; les chimistes produisent des engrais, des pesticides, des insecticides pour le coton ; au bord du périphérique, des usines immenses (les plus grandes du monde) égrènent le coton ; et d'autres usines immenses (les plus grandes du monde) raffinent l'huile (de coton) ; l'université (une sorte de ville espagnole du XVIIIe siècle, toute neuve) enseigne le coton ; les motels accueillent les visiteurs venus pour le coton (quelle autre raison de s'aventurer à Lubbock ?); les supermarchés, cinémas, médecins nourrissent, distraient et soignent les gens du coton, tandis que les prêtres leur promettent la vie éternelle. Et, pour boucler le système, les assureurs assurent le coton et les banques font crédit à tous ceux qui précèdent, à toute cette foule de Lubbock qui, de près ou de loin, s'occupe de coton. Quant à la gloire de la ville, le rocker Buddy Holly, existerait-il sans le coton, père du blues, lui-même géniteur du rock ?

Les propos de Mark Lange, le roi du lobby, me reviennent en mémoire. Le coton américain est à l'image de Lubbock : une seule et unique famille. Sans les subventions, les fameuses subventions tellement maudites par le Brésil et par le Mali, c'est la famille entière qui dépérirait.

*
* *

Puissante Lubbock, capitale mondiale du coton. Alors, pourquoi une telle sensation de fragilité, l'impression que cette ville n'est pas faite pour durer ?

À cause de sa jeunesse ? Une ville qui a tant tardé à naître a-t-elle sa place dans les siècles des siècles ?

À cause du vent toujours présent, des bourrasques perpétuelles qui ne cessent de balayer les avenues trop larges ? On n'arrête pas de le maudire en même temps que de lui rendre hommage. Lubbock vient d'ouvrir un musée de l'éolienne. D'ailleurs, on en rencontre de très anciennes au coin de certaines rues. Merci, le vent, de tirer pour nous l'eau des profondeurs de la terre. Sans eau, dans ce haut Texas, comment pourrions-nous cultiver le coton ?

Ce sentiment d'éphémère serait-il dû à ces préfabriqués, ces champs entiers de motor-homes qui occupent tous les quartiers écartés du centre ? Est-elle bien permanente, cette ville où tant de maisons ont des roues et paraissent prêtes à partir dans l'heure ? N'est-elle pas plutôt saisonnière ? Et les saisons ne sont pas seulement celles de la lumière et du soleil : la richesse aussi a ses cycles. Si le coton est un or blanc, on sait ce qu'il advint des villes à la fin des ruées.

Alors, sans se préoccuper de l'apocalypse, Lubbock travaille. Le coton, toujours plus de coton. Et toujours plus LE coton que réclame le *marché*.

Telle est la force première des États-Unis. Le climat n'est pas le meilleur, loin de là, ni la qualité des terroirs. De ce point de vue, l'Afrique est bien supérieure.

Malgré ses chants d'amour à la libre concurrence, l'Amérique se protège de mille manières : avec des subventions ; avec des règlements ingénieux, techniques ou sanitaires ; avec des barrières douanières très habilement gérées.

Mais l'Amérique aime le marché. Soyons plus précis : l'Amérique croit à la *vérité* du marché. Au lieu de se répéter, comme trop souvent les Maliens et les Brésiliens : « Ma production est bonne, ma production est la meilleure », l'Amérique écoute le marché, elle veut lui plaire, elle va tout faire pour lui offrir ce qu'il attend.

Les professionnels, en liaison avec l'université (Texas Tech University), ont créé un institut de recherche. Du matin au soir, des femmes détricotent des tissus venus de Chine. Puis des chercheurs, minutieusement, en analysent les fibres.

– Vous attendez tel ou tel type de coton, amis chinois ? Pas de problème.

La consigne est donnée aux manipulateurs génétiques, puis aux producteurs. Le client doit rester roi. La vieille industrie textile américaine a été sacrifiée sans état d'âme. Les usines des deux Carolines ont fermé depuis longtemps.

Je ne peux m'empêcher de penser au Mali d'où je viens. Le bas niveau des cours n'explique pas tout. L'Afrique n'a pas les moyens de financer la moindre recherche. Et l'aide qu'on lui apporte dans ce domaine diminue d'année en année. Comment s'étonner de ses difficultés sur le marché mondial ? Comment ne pas s'inquiéter de voir ses rendements diminuer alors que, partout ailleurs, ils progressent ?

*
* *

C'est à Lubbock que j'ai appris la victoire juridique du Brésil et de ses alliés africains : l'OMC condamnait le principe des subventions américaines et ordonnait leur démantèlement.

Cette nouvelle ne semblait pas effrayer mes nouveaux amis texans. Ils haussèrent les épaules. Mark Lange était un malin. Vous l'avez rencontré, n'est-ce pas ? Il trouverait bien une solution…

III

BRÉSIL

La ferme du futur

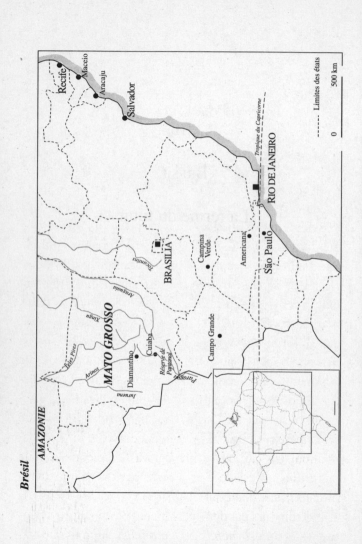

Brésil

Recife
Maceio
Aracaju
Salvador

AMAZONIE

MATO GROSSO

Teles Pires
Arinos
Juruena
Diamantino
Cuiaba
Réserve de Pantanal
Paraguai
Campo Grande

Xingu
Araguaia
Tocantins
BRASILIA
Campina Verde
Americana
São Paulo
RIO DE JANEIRO
Tropique du Capricorne

0   500 km

------- Limites des états

Mato Grosso

Deux des couleurs de l'or

Ces gens-là ne tiennent pas en place. Ils rêvent trop d'eldorados. L'existence dans leur bonne ville de São Paulo, déjà capitale économique du Brésil colonial, leur semble morne et sans surprise. Ils partent donc vers l'ouest, vers les territoires inconnus. On les nomme *bandeirantes*. L'un d'entre eux s'appelle Pascal Moreira. Son voyage est long, gâté par les moustiques et quelques autres bêtes plus considérables. Mais agrémenté par la rencontre d'Indiens qu'il est fort distrayant d'occire, notamment les redoutables Paiaguá.

Un beau jour de 1719, Dieu, béni soit-Il, décide de récompenser notre Pascal pour sa curiosité et son obstination. Un caillou se présente à lui, reconnaissable entre tous : c'est de l'or. Portée par on ne sait quels oiseaux, sans doute un couple de perroquets bleus (ils volent toujours par deux et s'appellent, en langue scientifique, *Anodorhynchus hyacinthinus*), la nouvelle traverse le pays.

Une ruée s'ensuit. Une ville sort de terre, bientôt baptisée Cuiabá, du nom de la rivière locale. Au bout de
quelques années, le métal jaune s'épuisant, le destin de
Cuiabá paraît scellé. Elle rejoindra la cohorte des cités
minières abandonnées, sitôt la fièvre retombée.

Mais la rivière abonde en poissons (le pacu, le
piraputanga, le pirão…) et ses rives, nourries par les
crues, sont des plus fertiles. Les chercheurs d'or se
changent en paysans. On continue de tuer quelques
Indiens pour ne pas perdre la main. On se bat avec les
nouveaux arrivants paulistes qui ont l'audace de réclamer des terres. Le sang coule, les récoltes poussent, les
siècles passent.

« Brésil, pays d'avenir, a dit Charles de Gaulle, et
qui le restera toujours. »

1970.

Sans doute pour faire mentir le Général, que les
Français viennent de chasser du pouvoir, le Brésil se
réveille. Une nouvelle capitale, Brasilia, lui a été donnée par le président Kubitschek. Il l'a voulue au milieu
de nulle part, au cœur des terres vierges. Le signal est
entendu.

Cuiabá sort de sa léthargie et commence à croître,
comme peu d'autres villes au monde : chaque année,
quinze pour cent d'habitants supplémentaires. Et
comme elle grandit trop vite, une autre cité jumelle
sort de terre, juste de l'autre côté de la rivière : Varzéa
Grande. Aujourd'hui, les descendants de Pascal sont
près d'un million.

De quoi vivent-ils ?

À deux pas, le Pantanal est une formidable réserve naturelle. Ce marais immense (la moitié de la France) abrite plus d'espèces animales que l'Amazonie tout entière. On comprend que les touristes s'y précipitent. Mais cet afflux de visiteurs ne peut expliquer le dynamisme, l'opulence même de cette région perdue au milieu du continent sud-américain : le Mato Grosso. *Mato* veut dire « brousse », « savane ». Et *grosso*, « brut », « sauvage », « vulgaire »… Et tel est le paysage : des pâturages plus ou moins encombrés de broussailles, surmontés de petits arbres sans valeur.

Dernières nouvelles du front

Pour comprendre le mystère de la richesse, il faut prendre la route. Une route qui, bientôt, s'élève dans une forêt tropicale. Le temps de se placer dans une longue file de camions et de remonter au pas, lacet après lacet, sous le couvert humide de grands arbres dont le guide, comme s'il nous présentait ses amis, nous annonce les noms : le *babaçu*, le *sucupira-preta*, l'*angelius-pedra*…, on débouche sur le plateau, vers six cents mètres d'altitude. Et tout s'éclaire.

À perte de vue, aucun obstacle. On dirait la mer, une mer multicolore, une collection de verts tendres ou plus sombres, entrecoupés par les rouges immenses des labours. Une mer immobile et qui, pourtant, doucement, ondule. Seuls traits parcourant ces vastes étendues arrondies : des barrières d'arbres impénétrables. Elles cachent et protègent les cours d'eau. Le reste, tout le reste de la végétation primaire a disparu. Remplacée par des plantes qui servent à l'homme : le soja, le maïs, le sorgho, le coton. Sans doute le territoire agricole le plus vaste de la planète et qui ne demande encore qu'à croître.

Voilà trente ans, trente ans seulement, cette haute savane n'intéressait personne. L'aventure agricole n'avait pas commencé. Aujourd'hui, les fermes (géantes) succèdent aux fermes (géantes) : de six à sept mille hectares en moyenne. Entre ces fermes ont surgi des villes : Campina Grande, Campo Verde, Diamantino…, petites sœurs et avant-postes de Cuiabá. C'est un Far West où les chaînes de selfs (McDo, Kentucky Fried Chicken) auraient remplacé les saloons. Aucun corral visible, aucun troupeau soulevant la poussière de la rue principale (laquelle, d'ailleurs, est goudronnée, bordée de trottoirs et plantée de réverbères). Le shérif roule en voiture chapeautée d'un gyrophare. Il surveille les maisons des concessionnaires de machines agricoles, les magasins d'engrais et de pesticides.

D'un bout à l'autre du monde, rien ne ressemble plus à une ville nouvelle qu'une autre ville nouvelle : un peu trop de clarté, une propreté inquiétante et un permanent sentiment de vide, l'impression de se promener dans des vêtements trop grands… Seule l'accumulation d'existences et d'années remplira peu à peu l'espace et lui donnera corps.

Une ville nouvelle, partout ailleurs, s'installe entre deux villes anciennes. Au Brésil, elle constate et consolide la progression du front.

Ce front est celui d'une véritable conquête. Année après année, ceux qu'on appelle les *pionniers* étendent les terroirs utiles de leur immense pays. Et, pour ce faire, sans fin défrichent. La perte botanique n'est pas grande quand les pionniers avancent dans la savane, le *cerrado* : seuls des bosquets disparaissent et de la broussaille, rien de bien précieux. Mais les pionniers s'attaquent aussi à la forêt. Ils coupent et emportent les plus beaux arbres, puis enflamment ce qui reste.

Là-bas, vers le nord, en trois points de l'horizon, je vois monter vers le ciel des colonnes de fumée. C'est le signe que, là-bas comme partout, l'Amazonie recule. Malgré les serments du cher Lula lorsqu'il n'était encore que candidat à la présidence, jamais on n'a autant déforesté.

La technique du grillon

Vous voici invité dans une *fazenda*.

Un conseil, ne posez *jamais* à votre hôte la benoîte question suivante :

– Pour mieux m'y retrouver dans la si riche et complexe histoire de votre si belle nation, pourrais-je savoir comment vous êtes entré en possession de ce domaine magnifique ? Un héritage ? Une acquisition à l'État ? À un propriétaire privé ?

Ce genre d'interrogation, un tel manque de tact, à coup sûr gâchera votre séjour. Et risque fort, si vous vous obstinez dans votre curiosité malsaine, de vous causer de sérieux ennuis.

Car il y a de bonnes chances que le maître des lieux ne détienne aucun titre de propriété légal. Un jour, il s'est installé. « De la colline à la rivière, tout est à moi. » Et malheur à celui, paysan ou représentant de l'administration, qui serait venu lui parler de droit.

En 2000, Raúl Jungmann, ministre de la Réforme agraire du président Cardoso, a demandé aux « propriétaires » de trois mille soixante-cinq grandes exploitations de présenter les titres justifiant leur présence ; mille neuf cents étaient faux. Rien ne changea pourtant dans l'attribution des terres. Vous savez ce que c'est, les avocats sont si bavards, les procédures si longues…

Voulez-vous vieillir au plus vite un faux document ? Placez-le dans une boîte où vous glisserez un grillon. Pauvre bête. Dans le noir, elle se sent perdue, la panique la prend, elle ne se retient plus… Rien de tel, paraît-il, que les excréments de grillon pour donner à un papier tout neuf une allure d'antiquité, c'est-à-dire d'authenticité.

*
* *

Un très jeune général

La *fazenda* Mourão se trouve à l'est de Campo Verde. Pour l'atteindre, il a fallu traverser une immensité. Ou plutôt un morceau d'immensité. Car celui qui s'aventure sur ces hauts plateaux comprend vite que ses anciens repères n'existent plus. Ces champs infinis s'apparentent à une longue et lente houle terrestre, et le Mato Grosso ne paraît pas avoir de rivage.

À droite de l'entrée, des enfants jouent. Ils ressemblent à tous les gamins de la planète : mêmes haillons sur le dos, même morve verte qui sort des petits nez, même acharnement à se disputer une balle de mousse qui n'a plus rien de rond tant la poussière l'a rongée et sans doute aussi les rats. Ils doivent habiter le campement qui longe la route : amas de tôles, de planches, parois de sacs plastique, morceaux de tente, voitures portes ouvertes, certaines ont toutes leurs roues, la plupart reposent sur des briques. Les femmes cuisinent, les hommes dorment, des chiens se lèchent, des transistors hurlent. Ce sont les *Sans-Terre*.

Ils sont des millions au Brésil. Ont-ils été tous chassés de leur terre ? Hélas pour les amateurs de beaux combats clairs entre le Bien et le Mal, la réponse est négative. La plupart de ces pauvres, très pauvres gens ne sont pas des paysans. Mais comme ils n'ont rien, ce combat est leur seule espérance. Ils envahissent les fazendas ou les assiègent. Parfois ils se regroupent et marchent vers Brasilia pour exiger du président ex-ouvrier Lula qu'il tienne ses promesses. De temps à autre, certains d'entre eux obtiennent satisfaction et reçoivent un lopin. Bien sûr, insuffisant pour survivre, même s'ils étaient compétents… Une exploitation, pour être rentable dans cette région éloignée de tout marché, doit dépasser les deux mille hectares.

Alors ces malheureux revendent leur conquête à l'un ou à l'autre des grands propriétaires voisins et, redevenus Sans-Terre, reprennent leur combat[1].

*

* *

Un autre monde commence au bout de l'allée d'eucalyptus. Des logements proprets entourent un terrain de football au gazon parfait. Des jeunes gens s'y agitent. D'autres lavent leur linge et l'étendent au soleil, sommeillent dans des hamacs ou cajolent une Coccinelle rouge : deux d'entre eux lustrent les banquettes, un troisième s'est plongé dans le moteur, on ne voit que ses fesses qui se trémoussent au rythme de l'autoradio.

On dirait le petit frère des footballeurs : mêmes pantalon et chemise beiges, sans forme ; mêmes bottes de cuir à pointes effilées. Encore un adolescent. Mais lui ne joue pas, ne se mêle à aucun groupe. Il regarde. Et sourit. C'est Marcos, le gérant. Un pur enfant du Mato Grosso. Naissance à Campo Verde. Lycée professionnel. Arrivée à dix-sept ans à la *fazenda* où il fait, l'un après l'autre, tous les métiers. Aujourd'hui, Marcos dirige cent personnes et s'occupe de sept mille hectares. Il a vingt-trois ans.

---

1. De ce triste et trop prévisible épilogue, le Mato Grosso n'a pas le monopole. Partout, au Brésil, la réforme agraire piétine par manque de réelle volonté politique. La présidence privilégie l'agro-business, premier pourvoyeur de recettes d'exportation, au détriment des petites entités familiales qui, pourtant, freinent l'exode vers les villes. Elles représentent soixante-quinze pour cent de l'emploi rural et continuent de nourrir la majorité de la population.

L'âge d'un pays se reconnaît tout de suite au rythme de l'air, une sorte de pouls. Ici il bat rapide, joyeux, sauvage. Chez nous il est craintif, paresseux, alangui. La jeunesse du Brésil vous fait sentir la France vieille, si vieille… Et rien de plus jeune, au Brésil, que cette savane brute, le Mato Grosso : les terres sont à peine défrichées, les villes viennent de surgir du sol. Et les directeurs n'ont pas tout à fait quitté l'adolescence, comme les généraux de Napoléon.

Aujourd'hui, c'est dimanche à la *fazenda*. On dirait un collège dont tous les pensionnaires auraient été collés : ils habitent trop loin pour passer chez eux leur seul jour de congé, alors ils tuent le temps comme ils peuvent. Pour soixante heures de travail par semaine (quatre-vingts, parfois quatre-vingt-dix pendant les huit semaines de récolte), ils gagnent en moyenne six cents euros par mois.

Un peu plus loin, les minivillas réservées aux chefs entourent le réfectoire.

Et tout autour, à perte de vue, la mer verte qui, en ce mois de mai, commence à blanchir : l'océan de coton.

La cité ressemble à une île. L'illusion dure peu. Le très jeune directeur me fait visiter son bureau : téléscripteur, ordinateur, fax ; sur l'écran clignotent des chiffres.

– Les derniers cours de New York. C'est de là que le marché nous donne ses ordres. Maintenant, venez.

Il m'entraîne au-dehors et me montre fièrement un entrepôt démesuré.

– Voilà notre liberté.

– Pardon ?

– Le marché donne des ordres. Mais si nous n'aimons pas ses ordres… nous stockons ici tout le coton possible et attendons que le marché change d'avis !

– Et si les ordres continuent d'être mauvais ?

– Alors il faut que le propriétaire soit riche. Seuls les riches peuvent attendre.

– Votre propriétaire est riche ?

– Plus que riche.

– Vient-il souvent ici ?

– Jamais, il est toujours ailleurs.

– C'est où, ailleurs ?

– Au-delà. En 1985, quand il a acheté ces terres, elles valaient huit cents dollars l'hectare. Maintenant, six mille. Un jour, il va les revendre. Il en achètera d'autres, plus au nord, à six cents. Le propriétaire est un pionnier. Un pionnier est toujours au-delà. C'est décidé : je pars pour l'Angola.

– Pourquoi si loin ?

– Je suis aussi un pionnier. Mais un pionnier sans richesse. Plus un pionnier est pauvre, plus il doit partir loin. C'est ma seule chance pour devenir un jour mon propre maître.

*
* *

L'usine où travaillent les égreneuses fait partie de la petite cité. Au lieu d'en avoir honte et donc de la cacher, on l'a installée au centre. Et elle semble entourée d'une affection véritable.

– Pourquoi avez-vous peint toutes les machines en rouge ?

– Les Brésiliens sont les meilleurs pilotes du monde.

– Et alors ?

– Les meilleurs pilotes conduisent les meilleures voitures.

– Je commence à deviner.

– Nos machines sont aussi les meilleures du monde. Elles méritent la couleur rouge. Nos machines sont les Ferrari de l'égrenage.

Il me sourit, lève le pouce droit :

– La couleur rouge est bonne pour le rendement.

Le moine-soldat

La soixantaine vigoureuse, tee-shirt flottant, bermuda et chaussures de sport, cheveux blancs et longs ramenés en arrière et attachés par un catogan, Lucien Séguy est un mélange : cinquante pour cent le chanteur français de country Hugues Aufray (*Santiano !*), cinquante pour cent l'acteur allemand Klaus Kinski (*Fitzcarraldo*). Tout à la fois monstre de vitalité, puits de science et infatigable moulin à paroles. Agronome de réputation mondiale, depuis trente ans membre du Cirad[1] mais toujours mal vu par sa hiérarchie car trop bruyant et franc-tireur, il dénonce et prêche. Vingt heures par jour, aux quatre coins de la planète.

---

1. Centre de coopération internationale en recherche agronomique pour le développement.

La religion n'a pas le monopole des illuminés. La science, et même la botanique, qui paraît si douce, a aussi ses moines-soldats.

L'ennemi personnel de Lucien Séguy, son mal absolu, le diable ou l'Antéchrist : le labour.

Son évangile et la garantie de prospérité pour le genre humain : le couvert.

Résumons. Deux principes :

Un, cessons de labourer.

La charrue trace de jolis sillons, mais :

– dénudant la terre, elle la livre à l'érosion par l'eau ou par le vent en même temps qu'elle l'assèche ;

– elle libère un maximum de CO_2 dans l'air ;

– elle accélère l'appauvrissement des sols par la déminéralisation.

Deux, imitons la forêt !

Les grands arbres poussent souvent sur des terreaux minces et pauvres. Mais à leurs pieds travaille en permanence pour les nourrir une véritable usine biologique : les feuilles et les branches qui se décomposent et toutes les bêtes associées, des microbes aux vers, qui inlassablement creusent des galeries, c'est-à-dire aèrent le sol. En outre, l'ombre limite le développement des herbes dites « mauvaises » : quatre-vingts pour cent d'entre elles ne poussent qu'à la pleine lumière.

Et notre Lucien de me faire visiter son laboratoire : une vingtaine de parcelles, chacune d'un demi-hectare, où il teste toutes les méthodes possibles pour planter le coton.

– Voyez !

Les plants les plus réguliers et fournis, qui portent les boules les plus rondes et denses, sortent non de la terre nue, mais d'un couvert de végétations desséchées.

Lucien rayonne.

– Et voilà les résultats quand on recrée une forêt !

La ressemblance ne saute pas aux yeux. Mais de quel droit doucherais-je une telle ferveur ? Je hoche la tête, l'air le plus convaincu : oui, Lucien, on dirait tout à fait une forêt.

L'explication viendra plus tard, d'une autre parcelle, une « forêt » en cours de constitution. Les longues tiges de sorgho font office de grands arbres. Au-dessous pousse une herbe (la *Brachiaria*). Les deux espèces sont bien vertes, preuve qu'elles savent trouver leur humidité, quoique la pluie ait cessé depuis deux mois. L'herbe deviendra fourrage. Les tiges, une fois les grains récoltés, se changeront en paille sur laquelle d'autres « arbres » pourront grandir en tout confort : les cotonniers.

À chacun de nos pas dans la « forêt », des centaines de minuscules perroquets s'envolent. Ils en ont fait leur domaine. Lucien prend un à un les plants dans la main. De temps en temps, il se penche, plonge deux doigts dans la terre. Et se redresse, ravi.

Il se parle à lui-même. Ou peut-être aux oiseaux. Les immenses étendues ont toujours engendré des mystiques.

Aux avant-postes

Nord de Diamantino. D'abord trois heures de route, coincé au milieu des camions. Puis autant de piste entre maïs et sorgho. Les seuls signes de présence humaine sont la pointe d'un château d'eau, parfois, dépassant les palmiers, ou, quand on arrête la voiture pour, après tous ces cahots, tenter de se remettre le squelette en place, le grincement d'une invisible éolienne. Au centre de l'unique village rencontré, une Vierge nous souhaite la bienvenue. Pour arroser de plus haut la pelouse, on lui a installé le tourniquet sur la tête.

La *fazenda* Guapirama et ses dix-sept mille hectares se trouvent à l'extrême bout du chemin. Propriété du groupe agro-industriel Maeda, qui gère dans tout le Brésil quelque deux cent mille hectares.

Des hangars, des hangars de toutes tailles, une collection de hangars posés çà et là sur la terre battue.

Des hangars géants pour le coton. Des hangars grands pour les machines. Des hangars longs pour les dortoirs. Un hangar vitré pour le réfectoire. Un hangar cubique, entouré d'un jardin : la « villa » du directeur. Un hangar sans murs pour l'avion bleu du propriétaire. Un hangar sans toit (on lui prépare de la tôle ondulée toute neuve) pour l'avion jaune des épandages.

Le hangar est le premier allié du Brésil. Un pays qui se développe a besoin de l'aide des hangars. Le hangar est le bâtiment qui se monte le plus vite. Et le hangar, le manque de confort du hangar indique qu'on n'est pas là pour se reposer. Le hangar est par lui-même incitation au travail. Et laisse aussi entendre que l'heure n'est pas venue de prendre racine. Un hangar n'a pas de fondations.

Une collection de hangars ne fait pas une ferme. Mais une base. C'est-à-dire un avant-poste, en milieu plutôt hostile.

Les hommes que l'on croise ressemblent à tous les travailleurs de la terre : des fils de la poussière. Ils viennent de s'arracher à leur mère. Qui va sans tarder reprendre possession d'eux. Mais, ici, les hangars complètent l'histoire. Bientôt il faudra s'en aller, continuer vers le nord, ouvrir d'autres champs, changer de poussière.

Ces hangars, cette foule de hangars signalent que nous sommes dans un endroit sans passé. Nous voici chez les plus pionniers des pionniers, des hommes de la première ligne. Quelque chose a changé dans l'air, une fébrilité, une vibration, la proximité de l'inconnu, du périlleux peut-être.

Un amateur de limites, un gourmand du bord des cartes ne peut s'y tromper : la frontière ne doit plus être loin.

*
* *

L'œil, jusqu'à l'horizon, ne voit que du blanc. C'est le premier jour de la récolte (lundi 16 mai). Sans doute le premier jour de la récolte dans le Mato Grosso. Quelques taches vertes, au loin, s'agitent. Encore plus loin, la forêt fait barrière au blanc. Combien de temps résistera-t-elle ? Une mer blanche a pris possession du cœur du Brésil. La blancheur, pour nous, c'est la neige ou la glace. Le blanc c'est le pur, et le pur c'est le froid. Quel est donc ce grand blanc tropical ? Quels pièges cache-t-il ?

De plus près, les taches vertes se révèlent : des bêtes assez sauvages, des insectes, pour être plus précis, des prédateurs, même, énormes par la taille (trois mètres de haut) et terrifiants par leur voracité : six ogres verts dont les doigts noirs et crochus se saisissent des malheureux cotonniers et les plongent dans un gouffre qui doit être leur bouche. Si l'on peut appeler bouche une cavité où, en lieu et place des dents, tournent sans fin des disques d'acier. Bref, six machines John Deere en ligne. D'autres insectes mécaniques les accompagnent : des fourmis jaunes, elles aussi géantes, qui se chargent de transporter le coton. Et des sortes de libellules grises et rouges : leurs pattes, normalement repliées, soudain se déploient, interminables. Quelle est cette brume dont elles arrosent les champs à peine récoltés ? Des pattes poreuses et même pisseuses… La physiologie de ces drôles de libellules brésiliennes a de quoi surprendre.

Pendant ce temps-là, le coton a été versé dans des bennes où une presse, longuement, l'écrase. Des camions attendent : ils sont venus chercher ces gros lingots gris. Nouveau vertige après celui de la couleur blanche. Ces gros insectes mécaniques ont des conducteurs, bien sûr. Mais ils ne mettent jamais pied à terre. Les champs sont vides de présence humaine. Je revois l'Afrique. J'imagine la récolte aux anciens temps des plantations. Combien aurais-je vu d'esclaves, il y a deux siècles, peinant sur ces dix mille hectares ?

La frontière qui avance

Pour nous autres Européens, qui nous sommes tellement entr'égorgés pour borner nos patries, qui avons tellement bataillé devant les tribunaux pour des tracés de champs ou de jardins, une frontière se doit d'être fixe.

Alors, quelle est cette ligne sur la carte du Brésil qui, chaque année, se déplace vers les quatre points cardinaux ? C'est la ferme la plus grande du monde, et qui continue de grandir.

Autre motif d'étonnement pour l'Européen : nous n'arrêtons pas de mettre en friche ; les Brésiliens, eux, n'arrêtent pas de mettre en culture. Pourquoi, sur une même planète, ce dédain de l'espace ici, et cette avidité-là ?

Cette progression a quelque chose de militaire. On dirait une armée en marche, poussée par toute une nation.

Et la frontière, cette frontière perpétuellement nouvelle, devient front lorsque les pionniers défricheurs arrivent à l'extrémité de la savane et commencent à s'attaquer aux grands arbres.

Nul ne conteste l'appartenance de cette savane au Brésil et son droit d'en user comme bon lui semble. La querelle ne surgit que plus haut vers le nord.

Une belle question de droit international : à qui appartient une richesse essentielle à la survie générale de l'humanité ?

La forêt amazonienne est la première réserve de biodiversité de la planète (le cinquième des espèces de plantes, le cinquième des espèces d'oiseaux, le dixième des espèces de mammifères). Et, plus vaste forêt du monde, elle freine les progrès de l'effet de serre.

Dans ces conditions, à qui appartient la forêt amazonienne ?

Pour obtenir le poste de directeur général de l'Organisation mondiale du commerce, le Français Pascal Lamy était venu faire campagne au Brésil. Quelqu'un l'interroge sur l'Amazonie : faut-il envisager pour elle un statut particulier ?

– La question pourrait être évoquée, répond le candidat.

Il croyait s'être montré prudent. Il vient d'allumer un incendie qui mettra des semaines à s'éteindre. Qu'on se le dise, s'exclame la presse de São Paulo et vocifèrent les politiques, jamais, au grand jamais le Brésil n'acceptera la moindre limitation de souveraineté sur quelque partie que ce soit de son territoire !

Combat de Titans : la plus grande ferme du monde face à la plus grande forêt du monde. Pour nourrir la planète, faut-il l'asphyxier ?

Et bataille de juristes : *Amazonie, Antarctique* ; le plus chaud, le très froid ; le très humide, le très glacé. Comment préserver ces deux espaces essentiels à notre survie ?

Les vertiges du progrès

Quelle est la source de tout grand élan ? Quelle est la part d'irrationnel nécessaire au dynamisme d'une nation ? À voir l'indolence de nos vieux pays, il semblerait bien qu'un excès de raison ait rongé leurs énergies.

Jean Bosco, prêtre salésien, habite Turin. Un beau jour de 1883, il est visité par un rêve. Ou plutôt par une révélation : une nouvelle civilisation naîtra au cœur du Brésil, entre le 15e et le 20e parallèle.

Ce pays a beau s'être donné pour mentor le positiviste Auguste Comte et pour devise « Ordre et Progrès », il n'en respecte pas moins les signes. Sa première constitution (1891) prévoira donc la construction de la capitale à l'endroit indiqué par le visionnaire italien.

Après cent soixante ans de débats, la ville surgit au milieu de nulle part.

Brasilia.

Une ville pensée comme aucune autre avant elle.

Et pour cela même, tellement pensée, réfléchie, ordonnée, disposée, découpée qu'elle en est devenue folle.

Pas de marche possible, pas d'ombre où s'abriter, pas de terrasses où parler, pas de centre qui permette de s'orienter… Rien que du fonctionnel : carré des banques, double carré des hôtels, rectangle des ministères, ellipse des hôpitaux, grand lac (artificiel) en demi-cercle pour humidifier l'atmosphère et baigner les villégiatures chics… Cette ville n'est pas un corps vivant, plutôt une table de dissection où l'on aurait, les uns à côté des autres, disposé tous les organes de la vie. Et on attend la vie. On espère qu'elle va venir. Mais la vie ne vient pas. La vie reste ailleurs. À Rio, le weekend, pour les riches. Plus près, sur les collines alentour, dans les taudis pour pauvres.

Dans ce vertigineux quadrillage de l'espace, le futur n'est pas oublié. On lui a même réservé des places de choix. Le futur, *o futuro*, est, beaucoup plus qu'un paradis rêvé, le soleil du Brésil, la source de toute énergie, le moteur de tout mouvement.

> *Preservando o passeo*
> *Anticipando o futuro*

Écrite en grosses lettres bleues sur un panneau face à l'entrée, la devise de l'Embrapa, centre de recherche du ministère de l'Agriculture, est tellement banale pour le Brésil que je soupçonne là une stratégie d'apaisement et de camouflage. Il doit s'en passer de belles et d'inquiétantes à l'intérieur, pour vouloir ainsi rassurer le passant.

Jusqu'à une date récente, la culture des plantes était, parmi toutes les activités humaines, le refuge des traditions. Qui travaillait la terre perpétuait l'alliance millénaire entre l'homme et la nature et incarnait les belles valeurs éternelles de modestie, de frugalité, de vie familiale, de stabilité, de certitudes transmises de génération en génération…

L'homme qui, tout sourire, me tend la main va m'entraîner dans un autre univers, *o futuro*, où toutes les frontières anciennes se dissolvent. La vie est un gros chaudron où plus personne ne pourra bientôt plus, parmi les monstres, retrouver ses petits.

Ce savant charmant s'appelle Elibio Rech. Il coordonne toutes les recherches sur les transferts génétiques. Pour le moment, il m'a invité sous une serre et, blouse blanche parmi les flocons blancs, se promène entre des rangs de cotonniers qu'il caresse l'un après l'autre affectueusement. Quelle vision plus douce ? Pourquoi me méfierais-je ?

– Chacun de ces cotonniers est différent. Nous avons génétiquement programmé le coton pour qu'il explore pour nous une possibilité nouvelle.

Je hoche la tête.

L'esprit pionnier est donc si fort dans l'air du Brésil qu'il a contaminé les plantes. Elles aussi ont décidé de repousser leurs frontières.

D'un grand geste où l'on sent une fierté quasi paternelle, il me montre son armée d'arbustes :

– Ceux-ci vont résister comme jamais aux insectes prédateurs. Ceux-là sont devenus insensibles aux herbicides : les mauvaises herbes meurent, eux demeurent.

Pour l'instant, tout va bien. Je suis en terrain connu. L'Europe s'y connaît aussi en manipulations diverses. Et l'ex-baba chanteur de Knoxville m'a donné les leçons nécessaires. Mais mon nouvel ami savant ne va pas s'arrêter là. Cet amusement qui, depuis le début de sa petite conférence, n'a pas quitté ses yeux, vient de gagner encore quelques degrés. À l'évidence, il m'a préparé une surprise.

Homme de fois anciennes, encore accroché aux bonnes vieilles classifications de la Genèse, je croyais qu'animaux et plantes appartenaient à deux règnes différents.

Erreur.

– Connaissez-vous les araignées ?

Le visiteur le moins savant de la faune brésilienne a entendu parler de la grosse et très velue mygale.

– Le Brésil dispose de la population d'araignées la plus diverse au monde.

Je présente à mon hôte mes félicitations les plus sincères pour cette bonne nouvelle.

– Nous avons décidé de les mettre à contribution.

– Pardon ?

– Chacune doit participer au développement national.

Je ne peux qu'exprimer mon plein accord. Mais quelle aide pouvons-nous attendre de ces industrieuses bestioles ?

– Les fils que fabriquent les araignées sont remarquables par leur finesse, leur flexibilité et leur solidité. Toutes qualités que nous souhaitons accroître dans notre coton pour en faire le meilleur du monde. La solution est simple. Parmi toutes nos araignées, choisir les meilleures ouvrières. En prélever le gène et l'introduire dans le plus doué de nos cotonniers.

Pour me défendre contre une sensation prononcée de vertige, je ne trouve rien d'autre que ricaner.

– On va donc bientôt voir dans les champs brésiliens des troupeaux d'araignées ?

– Votre vision de l'agriculture est tout à fait démodée. Plus besoin d'étables, désormais, pour multiplier les gènes…

Notre ami Elibio, l'embaucheur d'araignées, a-t-il été averti des dangers de l'orgueil ?

Il était une fois, dans les temps très anciens, une jeune fille de Lydie (aujourd'hui l'ouest de la Turquie). Elle était fille d'un teinturier de pourpre et s'appelait Arachné. Très habile de ses mains et ne doutant de rien, un beau jour elle osa défier Athéna dans l'art de la tapisserie. Irritée par cette impudence, Athéna se changea en vieille femme, vint visiter la Lydienne et lui recommanda la prudence. Arachné persista dans son audace. Le concours eut lieu, Athéna tissa une toile représentant des mortels présomptueux tandis qu'Arachné, décidément bien insolente, choisit d'illustrer la vie scandaleuse des dieux. Deux fois rendue folle de colère, par le sujet du travail et par sa qualité miraculeuse, Athéna frappa sa rivale avec sa navette et déchira le chef-d'œuvre. De désespoir, Arachné se pendit. À l'instant même, elle fut métamorphosée en araignée[1].

On a beau chérir *o futuro*, on est bien forcé d'admettre que c'est un pays plutôt risqué. Certaines enceintes sont réservées et toutes les portes des laboratoires sont tapissées d'avertissements.

*
* *

---

1. *Cf.* Ovide, *Métamorphoses*, VI.

Pipette à la main, Elibio me donne ma première leçon de franchissement d'une frontière biologique.

Autour de nous vont et viennent, accortes et enjouées, des laborantines. L'une d'elles a commencé ses études à Paris et me demande des nouvelles de la voie sur berge (« toujours en travaux ? ») et de l'Institut Pasteur (« toujours trop petit ? »).

Mon ami savant a gardé le meilleur pour la fin :

– À propos de couleur blanche, vous savez que nous travaillons sur le lait ?

J'avoue mon ignorance et quelque chose en moi proteste à l'idée de torturer le symbole même de l'innocence, le premier cadeau de notre mère.

– Nous introduisons le gène des araignées dans le lait. Dans le but de produire des fibres plus souples et plus résistantes que le Kevlar. Bientôt nous construirons des blindages, des fuselages d'avion avec du lait.

– Bientôt ?

De nouveau j'ai le réflexe du vieil Européen : vive la science, bien sûr, j'applaudis des deux mains. Mais ne pourrait-on pas ralentir un peu l'allure, le temps de s'habituer ? Je repose ma question :

– Ce n'est pas pour tout de suite, dites-moi ? Combien d'années ?

– Oh, pas plus de quatre ou cinq. Aucun pays n'est plus proche du futur que le Brésil.

Le grand coordinateur

Le Grand Urbaniste de Brasilia a pensé à tout. Et notamment aux habitations de la haute administration. Où doit loger l'élite de la fonction publique pour que, résistant aux deux tentations de la corruption et des salaires du secteur privé, elle donne le meilleur d'elle-même et, ce faisant, guide d'une main bienveillante, jamais moite mais toujours ferme, la nation sur le chemin du futur ?

On choisira la proximité de l'eau, qui tout à la fois donne à peu de frais l'illusion du luxe et apaise le regret de l'ancienne capitale (Rio). À des appartements éparpillés, on préférera une résidence *ad hoc* : le haut fonctionnaire s'épanouit d'autant mieux qu'il vit parmi d'autres hauts fonctionnaires (meilleure chance pour ses enfants de perpétuer l'espèce en rencontrant puis en épousant des rejetons de collègues) et qu'il est plus étroitement surveillé par des caméras et des policiers (preuve du prix qu'on attache en haut lieu à son existence ; et difficulté accrue des liaisons extraconjugales : il faut du génie pour les cacher à tous ces yeux d'une permanente ubiquité).

La plus chic de ces enclaves est le Tennis Club. Comme son nom l'indique, quelques terrains de jeu ajoutent des taches rouges au vert luxuriant du jardin.

Ce jour-là, une armée de jeunes femmes, certaines passablement dénudées, se promène par les allées. Comment la sérénité nécessaire à la haute fonction publique va-t-elle résister à une telle invasion ? Heureusement, une sonnerie retentit, suivie d'un étourdissant claquement de tongs : ce sont les beautés qui reviennent vers le centre de conférences. Honte sur moi, je n'avais pas pris la peine de lire le thème de la rencontre :

IIᵉ CONGRÈS DE L'ASSOCIATION
POUR LE DÉVELOPPEMENT DU LAIT MATERNEL

Le calme revenu, je peux sonner à la porte d'un luxueux bungalow. Dominique de Villepin m'ouvre. Je veux dire son petit frère. Ou un quasi-sosie. Ces gens-là se ressemblent tous. Est-ce la nourriture, l'éducation par des nurses, les déménagements fréquents ? Ils sont beaux, ils sont grands, ils sont minces, bien élevés, polyglottes. Enfance à Washington puis Tokyo puis Londres puis Delhi *via* Mexico. Ou l'inverse. Fils d'ambassadeurs ou de managers nomades. Chacune des mondialisations a eu ses élites. Celle du xvɪᵉ siècle, l'espagnole, avait ses jésuites. Malgré leur état religieux qui limitait les transmissions génétiques, je suis sûr qu'habités par la même pensée, quels que soient les lieux et les climats, ces saints pères avaient fini par se ressembler tous.

Dominique de Villepin, je veux dire Roberto Azevedo, est « coordinateur général des contentieux » au ministère brésilien des Affaires étrangères. Souvent les diplomates reçoivent des titres grandioses pour compenser l'absence de leur pouvoir réel, l'enlisement des négociations qu'ils mènent. Mais ce coordinateur est d'une autre trempe. C'est lui qui, deux années durant, a mené une équipe de juristes finalement victorieuse des États-Unis. C'est lui qui a fait interdire par l'Organisation mondiale du commerce les subventions versées par l'administration de Washington aux producteurs de coton américains.

M. le Coordinateur général a coordonné l'incoordonnable. Et d'abord les Brésiliens et les Africains. Comment imaginer agricultures plus dissemblables ? D'un côté, le gigantisme, la mécanisation. De l'autre, des lopins villageois cultivés et récoltés en famille, à mains nues. Deux univers que rien ne rapproche, sauf la compétitivité. Brésiliens et Africains l'atteignent par des chemins opposés : les premiers par des rendements records, les seconds par des coûts minimaux. Brésiliens et Africains sont donc unis dans une même revendication libérale : la règle du marché doit s'appliquer. Et alliés contre ceux qui trichent, c'est-à-dire subventionnent leurs producteurs : l'Europe et les États-Unis.

Mais Brésiliens et Africains tremblaient : était-il bien raisonnable d'affronter Washington et Bruxelles ? Ne fallait-il pas s'attendre à des représailles des deux grandes puissances de la Terre ?

Alors s'invitent dans le débat de nouveaux personnages, une troupe hétéroclite et bruyante : les organisations non gouvernementales.

Depuis quelques décennies, lors de chaque rencontre internationale, on leur faisait une place. Un peu à l'écart. La table des enfants. Mais, au fil du temps, cette table est devenue de plus en plus bruyante, jusqu'à rendre inaudibles les discussions des parents. Jusqu'à monopoliser l'attention des médias et, par voie de conséquence, la sympathie des opinions publiques.

Le Coordinateur général se souvient de cette semaine où le *New York Times*, journal plutôt progressiste, et le *Wall Street Journal*, très conservateur, tirèrent les mêmes boulets rouges sur l'administration américaine et son système de subventions aux agriculteurs.

Roberto Azevedo sourit et s'autorise même, lui si retenu, si distingué, un mouvement de satisfaction : les deux bras au-dessus de la tête, il s'étire.

Quand on a réussi à embaucher dans la même armée le *Wall Street* et les plus révolutionnaires des altermondialistes, quand on est surtout parvenu à leur faire entonner le même hymne : « Gloire au libéralisme ! » (laissons vivre le marché, tout le marché, rien que le marché), on a le droit d'afficher quelque orgueil.

Dehors, le Tennis Club, soudain, bruit. Le vacarme d'une volière humaine a remplacé le chant des oiseaux. Ça caquette et ça glousse. Les congressistes du lait maternel ont dû interrompre leurs travaux.

Nous ne craignons pas la Chine

Le destin d'une base arrière

C'est ici que le futur a commencé.

Avant, il y avait les Indiens. Mais, pour les Indiens, le temps (les jours, les mois, les années) est un cercle et un cercle n'a pas de futur.

Après cet avant, il y eut Rio. Mais Rio aime trop les vacances et on ne bâtit pas de futur avec le temps suspendu.

En 1554 débarque en Amérique du Sud un petit groupe de jésuites menés par Manuel de Nóbrega et José de Anchieta. Ils choisissent un haut plateau cerné par les forêts et y construisent quelques maisons qu'ils placent sous la protection de saint Paul, São Paulo. On n'y voit pas la mer. Parfait : la nostalgie de la patrie portugaise sera moins forte. On aura l'esprit plus au travail, c'est-à-dire à la capture d'Indiens, l'activité la plus rémunératrice. Les pionniers font de ce grossissant village leur quartier général. C'est de là qu'ils partent en expédition. On les appelle *bandeirantes*, car chaque troupe a son drapeau (*bandeira*). Chemin faisant, ils explorent le pays et en prennent possession pour le compte de leur roi.

En 1494, dans le monastère espagnol de Tordesillas, le pape Alexandre VI (Borgia) avait réparti le Nouveau Monde. Une première ligne avait été tracée, du pôle Nord au cap Vert. Une deuxième ligne avait été dessinée, trois cent soixante-dix lieues plus à l'ouest. L'Espagne avait reçu toutes les terres par elle découvertes au-delà de cette limite. La plus grande partie du Brésil revenait donc à Madrid. Seule une bande orientale (entre la deuxième ligne et l'Atlantique) était propriété officielle du Portugal. Mais que peut un pape, même Borgia, contre l'appétit des porteurs de bannières ?

Une certaine conception brésilienne (très sauvage) du droit foncier naquit qui n'allait plus changer. Au XVIIIe siècle, quand de l'or est découvert un peu partout, São Paulo devient le port terrestre d'où appareillent les colonnes d'aventuriers. Dès le début du XIXe siècle, la création de l'université en fait un centre intellectuel majeur. Culture du café, immigration, aubaine de 14-18 (réduction des importations, développement de l'industrie locale…) : la base des pionniers est devenue le moteur national.

La grande ville du monde

Un pays candidat au futur doit faire dans le gigantisme. Et c'est ainsi que São Paulo concourt pour le titre ô combien prestigieux mais ô combien disputé de plus grande ville du monde.

M. Machado était photographe, spécialiste en mariages. Mais le futur l'a frappé de plein fouet. Un futur qui, pour ce qui le concerne, s'est incarné dans les appareils numériques. Pour immortaliser une cérémonie, pourquoi payer un professionnel alors que le moindre cousin photographe amateur peut s'y reprendre à cent fois et corriger encore son cliché grâce à Photoshop, c'est-à-dire égaler le meilleur des hommes de l'art (du moins le croit-il) ?

M. Machado aime la vérité. C'est pour cela qu'il hait le numérique, et non parce qu'il lui a coûté son emploi. Le numérique permet de tricher, permet de changer la réalité jusqu'à ce qu'elle corresponde à nos souhaits. Mais la réalité ne change qu'en surface. Elle fait semblant. En profondeur, la réalité continue son métier de réalité comme devant. Et le numérique n'y peut rien. Et M. Machado nous montre sur le siège de droite, à ses côtés, un début de bibliothèque, trois recueils cornés, déchiquetés, annotés, manifestement un ouvrage compagnon mille et mille fois consulté. Sans doute, dans ce pays si religieux, une Bible ou l'une de ses innombrables versions revisitées, rééclairées, modernisées par l'une des innombrables sectes.

– Non, monsieur, c'est seulement le plan de la ville. Soixante-quinze mille rues. Impossible de les connaître toutes. Je préfère vous prévenir tout de suite : nous allons nous perdre.

Brasilia, São Paulo. Impossible de se perdre à Brasilia. Impossible de se retrouver dans São Paulo. La capitale administrative, la capitale économique. L'ordre et le progrès. Qui peut se retrouver dans le progrès ? Il a soixante-quinze mille rues aujourd'hui, demain ce sera quatre-vingt mille.

Mais la modernité numérique n'a pas encore tout dévoré.

– Oui, monsieur, certaines réalités résistent. Par exemple, la réalité du transport. La modernité numérique ne permet pas encore aux humains de déplacer leur corps par le simple clic de la souris. C'est pourquoi je me suis réfugié dans le métier de chauffeur. Qu'en pensez-vous ? Le numérique va-t-il aussi dévorer les chauffeurs ?

M. Machado fait la moue et lève la main droite. M. Machado est fataliste :

– Si le numérique continue à s'étendre, j'irai ailleurs. De toute façon, je ne suis plus jeune. Je n'aurais plus si longtemps à m'enfuir. C'est aux jeunes que je pense.

Et M. Machado se met à pleurer. Des larmes lui coulent des yeux, qu'il n'essuie pas. J'apprendrai plus tard que les soixante-quinze mille rues ne sont pas les seuls cauchemars de l'ancien photographe. Sur le siège avant droit, à la place du mort, est un fantôme. M. Machado avait un fils de seize ans. Lequel, un soir, dans un café, échange quelques mots un peu vifs avec un autre jeune. Le lendemain, l'autre jeune revient, il égorge le fils de l'ancien photographe. M. Machado profite d'un feu rouge pour me regarder. Je vois ses yeux et sa bouche grossis dans le rétroviseur. Il a cessé de pleurer. Il sourit. Je me retiens pour ne pas le supplier d'arrêter : son sourire est plus triste que ses larmes.

– Comment voulez-vous que les gens ne perdent pas la raison dans une ville de soixante-quinze mille rues ?

*

* *

Nous roulons depuis trois heures. Un jour, parviendrons-nous à quitter São Paulo ?

D'ailleurs, peut-on quitter São Paulo ?

Peut-être que la plus grande ville du monde a envahi le monde ?

Une autre heure passe. Et voici une colline à moitié boisée : les bâtisses ne montent qu'à mi-pente. Et puis une autre, et encore une. São Paulo a dû finir par s'arrêter.

Mais, tout de suite après São Paulo, commencent les usines. Partout des usines et des cubes. Des cubes solitaires ou des cubes entassés, sans doute les maisons où vivent les humains qui travaillent dans les usines.

*

* *

Le futur a commencé là, grâce au café et au sucre. Et dans la machine à fabriquer le futur brésilien, le coton n'était qu'un tout petit rouage. Le climat n'était pas trop favorable : pas assez de chaleur, malgré le tropique du Capricorne, et trop de pluie aux mauvais moments. Le coton a préféré changer d'air, monter vers le nord ou le nord-ouest. Mais les usines sont restées. Sur des dizaines et des dizaines de kilomètres, les usines se touchent. Leurs noms sont proclamés fièrement sur de grands panneaux multicolores. Cet orgueil est touchant. Mais on voit bien qu'il cache l'essentiel : ces usines ne sont que les morceaux d'une usine unique, une fabrique nommée Brésil, la fabrique du futur.

Santista est l'un des ateliers de cette grande fabrique. La plus importante usine textile du pays. L'une des deux fiertés de la petite ville nommée Americana (l'autre fierté est Goodyear). Cette ville doit son nom à ses créateurs : des réfugiés sudistes de la guerre de Sécession.

Tout de suite, le directeur tient à préciser :

– Nous ne craignons pas la Chine.

Et il enchaîne aussitôt sur la ville de Nîmes. Un flot de questions :

– Se trouve-t-elle bien en France ? Combien d'habitants y vivent ? Y fait-il froid ou chaud ? Y élève-t-on du bétail ? Y monte-t-on à cheval ?

Je réponds comme je peux, sans parvenir à masquer mon étonnement : pourquoi une telle passion brésilienne pour cette cité du Gard ?

C'est ainsi que j'apprendrai le drôle de voyage et la réussite planétaire de deux petits mots, le premier de deux syllabes, le second d'une seule.

Au XVIᵉ siècle, certains tisserands du midi de la France avaient créé une étoffe particulière, mélange de soie et de laine, tissée en diagonale. Très vite elle acquit la célébrité sous le nom de « serge de Nîmes », par référence au lieu où elle avait vu le jour.

Les tisseurs anglais cherchaient à donner de la valeur à leurs produits. La méthode française de tissage leur plut. Ils décidèrent de l'adopter et aussi de lui fabriquer un nouveau nom. « Serge » pouvait être oublié, puisque la laine et la soie n'étaient plus employées. Quant à l'origine, « de Nîmes », on allait la contracter pour plus de commodité. Le mot *denim* était né, qui allait bientôt désigner les cotonnades les plus sommaires et les plus solides.

Pendant ce temps, les marins de Gênes utilisaient des pantalons particulièrement résistants, faits d'un mélange de coton et de laine ou de lin. Leurs collègues français les adoptèrent et les baptisèrent *gênes*, qui devint *jean*. Un peu partout, en France et en Angleterre, on se mit à tisser ce produit miracle.

Longtemps, *denim* et *jean* coexistèrent. Ils ne se mêleront qu'après avoir traversé l'Atlantique. Dans la colonie qui veut s'émanciper de l'Angleterre, on ne s'embarrasse pas de ces subtilités. Le *jean* est fait avec le tissu *denim* et devient la tenue des pionniers.

*
* *

Santista.

On dirait le nom d'une religion. Un culte ésotérique aux origines africaines, telle la Santería cubaine. Ou alors le surnom d'une grande artiste, danseuse ou cantatrice.

Mais Santista est une entreprise textile, la première du pays, présente aussi au Chili et en Argentine : cinq mille cinq cents employés, plusieurs centres de recherche, des accords de formation avec les universités… Une vieille dame (née en 1929), mais toujours aux avant-postes de la compétitivité.

Je compte. Dans le hall immense, deux bons hectares, de l'usine d'Americana, je ne vois que neuf ouvriers s'affairant d'une machine à l'autre. J'en fais part au directeur, qui prend ma remarque pour une critique.

– Vous avez raison. La main-d'œuvre est encore beaucoup trop importante dans cette usine. Venez visiter l'unité 2, juste à côté, beaucoup, beaucoup plus moderne.

De nouveau je compte. Cinq ouvriers seulement.

Le directeur grimace.

– Je sais, me dit-il. C'est encore un peu trop pour résister aux Chinois. Quel est donc le secret de ces Chinois, l'arme qui les rend si forts ?

Depuis longtemps j'ai réfléchi à cette question. Je vous livre ma réponse : les Chinois ont inventé l'ouvrier idéal. C'est-à-dire l'ouvrier qui coûte encore moins cher que l'absence d'ouvrier.

*
* *

On se croirait au fond d'une mine ou dans une catacombe : c'est un grand trou tapissé d'étagères géantes.

Sans relâche, deux cages montent et descendent dans le trou. Dans chaque cage – on ne le voit pas d'abord, l'œil doit s'habituer à l'obscurité –, un homme est assis. Et chaque cage – ou chaque homme – a des bras, de longues tiges d'acier plat.

Le travail de ces cages consiste à saisir dans un camion les rouleaux de tissu qui viennent de l'usine et à les ranger du haut en bas du trou, sur les étagères. Et puis à aller les chercher et à les déposer dans l'autre camion, celui des livraisons.

Huit heures par jour dans le trou. Seul avantage de ce poste : les conducteurs de cages s'habituent au séjour des morts.

*
* *

Dix-huit heures. La nuit tombe. Un à un, des ouvriers sortent de l'usine. Ils sont bientôt trente, puis cinquante alignés face à un grand mât, sur une petite plate-forme de ciment. Deux jeunes filles et un garçon arrivent. Le garçon porte une table de fer, du genre de celles qui servent aux pique-niques familiaux. Il en déplie soigneusement les pieds. La jeune fille numéro un y dépose une boîte grise : un blaster.

Pendant ce temps, le garçon a rejoint la jeune fille numéro deux. Ils se tiennent au pied du mât, la main sur la drisse. Le directeur a pris place au bout de la ligne. D'un signe de tête, il lance la cérémonie. La cassette qui tourne dans le blaster mériterait, après toute une vie laborieuse, de prendre sa retraite. Elle n'avance plus qu'en soupirant. Parmi ces chuintements, difficile de reconnaître la musique. Heureusement que les ouvriers se sont mis à chanter :

Ouviram do Ipiranga as margens plácidas
De um povo heróico o brado retumbante.
E o sol da Liberdade, em raios fúlgidos,
Brilhou no céu da Pátria nesse instante.

[*D'un peuple héroïque les berges placides de*
l'Ipiranga
Ont entendu la clameur retentissante
Et de ses rayons éclatants, le soleil de la liberté
Dans le ciel de la patrie a brillé à cet instant.]

L'hymne bien connu des « sportifs ». Quand cette ritournelle monte vers le ciel, les amateurs de football se réjouissent. Ils savent qu'ils vont assister au plus beau des spectacles, puisque c'est l'équipe brésilienne qui joue. Le drapeau jaune et vert, « Ordre et Progrès », descend lentement, enroulé autour du mât. On dirait qu'un oiseau s'est mêlé à la chorale. Il ne se fatigue pas, il pousse un sifflet rauque et continu. Après vérification, ce n'est que la poulie de la drisse qui grince.

Que vaut l'équipe de la Santista dans cette compétition féroce, la Coupe mondiale du textile ?

Quelles seront ses chances, en finale, contre la Chine ?

Pour être franc, les deux jeunes filles exceptées, celle du blaster et celle du pavillon, le reste des choristes ne chantent que du bout des lèvres et, sur leur visage, on lit plus de fatigue que d'exaltation. Mais ils tiennent le garde-à-vous et personne ne ricane. Chacun sait qu'un homme fier de son travail lui donne plus. La fierté est mère de l'énergie.

Bientôt, leur instrument de mesure s'affinant, les contrôleurs de gestion connaîtront le taux de fierté présent dans le sang de chaque travailleur. Et malheur à celui qui sera déficitaire.

Les nations qu'on pouvait croire dépassées dans notre monde sans frontières ont de beaux jours devant elles : c'est le bon espace pour cultiver la fierté.

Et le stade est une maquette de la nation.

Le lendemain, 23 mai, le Brésil, ce chevalier du marché, grand donneur de leçons libérales au reste du monde, à commencer par les États-Unis, décidait d'élever vertigineusement ses barrières douanières. Son industrie textile – « qui ne craignait personne et surtout pas la Chine » – risquait de mourir à très court terme si on ne la protégeait pas. En quatre mois, les importations de produits textiles chinois s'étaient accrues de cent soixante-dix pour cent.

Ces mesures suffiront-elles ? La plupart des importations chinoises au Brésil sont soit clandestines, soit sous-facturées. La différence entre l'économie et le football, c'est l'arbitre. Imaginez un match sans arbitre, se déroulant dans l'obscurité, avec un enjeu de vie ou de mort. Qui respecterait les règles ?

IV

ÉGYPTE

À propos de la douceur

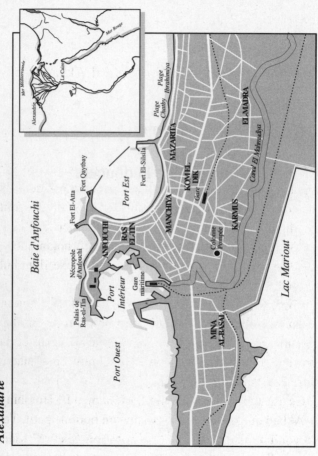

M. Mohamed El-Hossainy el-Akkad

Comment mesurer l'amour ?

Chacun sait que l'instrument n'est pas encore né, capable d'apprécier, sans risque d'erreur et par-delà les illusions, l'intensité de nos sentiments. Si divers sont les objets de l'amour et les manières d'aimer…

Pourtant, dans la catégorie « amour botanique », sous-catégorie *Gossypium*, un nom se détache, dont nul ne contestera la prééminence.

Chez M. Mohamed El-Hossainy el-Akkad, l'amour du coton atteint une force, une plénitude, un savoir, une passion, une tendresse que, de la Chine au Texas et du Brésil à l'Ouzbékistan, je n'ai rencontré chez aucun autre être humain.

Ce n'est pas faire injure à M. Mohamed El-Hossainy el-Akkad que de le décrire comme un homme petit. Tel l'a voulu le Créateur, que Son nom soit célébré ! Mais si sa taille est modeste, son bureau est gigantesque. Je dirais deux cents mètres carrés pour la surface, et sept bons mètres de hauteur sous un plafond dont la peinture pèle.

Cette ampleur des lieux, au cœur du Caire surpeuplé, est une première indication de l'importance de M. Mohamed El-Hossainy el-Akkad. Sa carte et les titres qu'elle révèle n'apportent qu'une confirmation.

CHIEF RESEARCHER

Supervisor General of the
Agricultural Museums and Exhibitions

– Je me réjouis de votre visite.

Depuis mon entrée dans ce sanctuaire et malgré le temps que prend pour arriver un café turc commandé trop gentiment, le sourire de M. Mohamed El-Hossainy el-Akkad n'a pas cessé.

– Je me réjouis. Bienvenue en Égypte ! En France aussi, on aime le coton ? Comme j'en suis heureux !

Moi, je suis en train d'oublier jusqu'au motif de ma visite. Qu'importe le musée. Je ne quitte pas des yeux le visage de M. Mohamed El-Hossainy el-Akkad. Il me fait tellement penser à mon vieux professeur Raymond Aron. Même finesse des traits, mêmes transparence et fragilité de la peau, même clarté du regard où alternent doucement amusement et désespoir.

Dans le bric-à-brac qui encombre son bureau, je montre un tableau géant appuyé contre quatre chaises.

Il représente un champ de blé d'où émerge le chef de l'État. Hosni Moubarak a trente ans. Depuis que Hosni Moubarak occupe le pouvoir suprême, c'est-à-dire depuis 1981, le temps ne peut plus rien contre lui : sur toutes les images il a toujours trente ans. Il tend les deux bras, paumes vers le ciel. On dirait le Christ, un Christ musulman, bien sûr, qui aurait enfin accepté de se couper les cheveux et d'enfiler un costume croisé.

– Je vois que vous savez vous ménager les bons appuis.

Le regard bleu de M. Mohamed El-Hossainy el-Akkad hésite. La police égyptienne ne doit pas apprécier l'ironie. Mais la police égyptienne a sûrement des tâches plus urgentes que de surveiller mon nouvel ami. Qui se laisse donc aller à rire de bon cœur.

– Le coton nous attend.

Et nous voilà partis.

Le parc est vaste, planté de palmiers et de palais, tous pareils : des blocs néoclassiques dont chacun est un musée. Musée de l'agriculture pharaonique, musée des collections scientifiques, musée de l'agriculture ptolémaïque, musée de la nutrition, musée des cultures végétales… En dépit de leur solennité, on sent de la modestie dans ces bâtiments, et même de la résignation. Au pays des pyramides, ils savent bien qu'ils n'ont aucune chance d'intéresser le touriste. De tous ces musées désespérés, celui du coton est le plus triste : personne jamais ne le visite.

– Et pourtant, vous avouerais-je, me chuchote en montant les marches M. Mohamed El-Hossainy el-Akkad, qu'il est mon fils préféré ?

Deux femmes nous attendent sur le seuil. Elles portent le voile léger des Égyptiennes, juste un foulard sur les cheveux. Ce sont les assistantes du Supervisor General. Sans doute pour respecter la hiérarchie, elles sont encore plus frêles et menues que leur chef. Mais leurs yeux brillent de la même façon. Elles aussi, l'amour les a frappées. Elles s'effacent. Et je pénètre dans le temple.

Dix salles immenses consacrées au seul coton : les arbres généalogiques du coton ; aux murs, dessinées à grands traits rouges, les routes du coton ; pieusement conservés dans des sortes de tourniquets, les ordres manuscrits du khédive Mohamed Ali Pacha enjoignant aux Égyptiens de se mettre à cultiver le coton ; dans d'admirables meubles de palissandre, des dizaines d'échantillons : cotons d'Amérique, de Russie, d'Inde, de Grèce, de Malte, du Tanganyika, de Ceylan, du Japon, de Syrie, d'Irak, du Mozambique, du Togo, de Porto Rico… ; des tissus coptes en coton, présentés comme datant du XIIe siècle ; des paysages de plâtre et de papier mâché où travaillent des figurines de plomb représentant les fellahs : on y voit, mois après mois, pousser le coton, puis s'organiser la récolte ; des maquettes d'usines où l'on file ou tisse le coton…

Et aussi les ennemis du coton, une salle entière pour les présenter un à un à la vigilance et à la vindicte générales. Une notice rappelle que, d'après le dernier inventaire, mille trois cent vingt-six espèces d'insectes vivent aux dépens du cotonnier ! Comment, au premier coup d'œil, ne pas haïr pour la vie le terrible charançon, d'autant plus ignoble qu'agrandi quinze fois ? Comment

ne pas frissonner devant ses cousins en nuisance, l'araignée *Hemitarsonemus latus* et la chenille du *Tinéide
pectinophora* ? Comment résister à la nausée devant les
pustules d'un demi-mètre carré causées par l'immonde
champignon *Rhizoctonia solani* ?

La vie entière du coton, ses heurs et malheurs, et tous
ses visages.

Jusqu'aux mythes qu'il a engendrés, comme le fameux
arbre-mouton soi-disant rencontré au XIVe siècle par le
grand voyageur et menteur Jean de Mandeville.

Et, tout à la fin de l'exposition, comme pour mémoire,
place est faite à la concurrence. La vitrine est petite, la
présentation serre le cœur : quelques fibres sales col-
lées sur un carton. Pauvre laine ! Pauvre lin ! Pauvre
chanvre ! Comment ont-ils pu avoir un jour l'outrecuidance de prétendre lutter contre le dieu Coton ? On
s'éloigne le cœur plein de pitié pour ces rivaux insigni-
fiants et pathétiques.

Durant toute la visite, le Supervisor General s'est
tenu à l'écart, laissant à ses deux dames acolytes le soin
des commentaires. Son sourire avait encore changé.
Le taux de l'orgueil y avait progressé, rehaussé d'une
pointe de condescendance : cher visiteur français, votre
enthousiasme, vos gloussements d'admiration devant
mes trésors, croyez que je les apprécie ; ils me vont
droit au cœur. Mais pardonnez-moi de vous dire qu'ils
ne me surprennent pas. Mon musée est le plus beau et
le plus complet du monde. Je le savais déjà.

Sur ce mur de la sixième salle, que venaient faire ces
quatre grands tableaux noirs qui, de loin, paraissaient
mouchetés de blanc ?

Je m'approchai. Croyant d'abord voir des papillons, une collection de papillons-neige. Je ne savais pas qu'il en existait de semblables dans la nature. Encore trois pas et je découvris la vérité : il s'agissait de « halos ». Ces halos que j'avais appris à former si maladroitement au tout début de mon enquête, lorsqu'on m'apprenait à m'y reconnaître entre les différentes qualités. On saisit un morceau de coton. Entre le pouce et l'index gauche, on en pince une extrémité. Du pouce et de l'index droit, on étire, on étire…

Chaque halo appartenait à une espèce : ils étaient rangés par ordre de grandeur. Au bas de chaque tableau, une réglette graduée permettait d'apprécier la longueur des fibres. Ce peuple de papillons végétaux, l'élégance parfaite de ces halos, cet ordre méticuleux, pur produit de la passion humaine pour la classification : en ces tableaux dialoguaient comme nulle part ailleurs l'homme et la nature. Timidement, je demandai au Supervisor General si, par extraordinaire et contre défraiement ô combien légitime, ses services pourraient envisager la possibilité d'un jour me confectionner un tableau semblable.

— Très bien, très bien…

M. Mohamed El-Hossainy el-Akkad hochait lentement la tête. Manifestement, ma requête le plongeait dans l'embarras. Je m'autorisai à lui poser deux doigts sur l'avant-bras :

— Si ce n'est pas possible…

— Tout est possible. À condition…

Le temps passa. M. Mohamed El-Hossainy el-Akkad affrontait-il une vraie difficulté ou voulait-il seulement

me retenir entre les murs de son musée le plus longtemps possible ?

– À condition d'avoir les autorisations.

– Mais je ne veux rien emporter ! Seulement acheter
une reproduction.

– Mes services vous la confectionneront avec beaucoup de bonheur. Si l'administration nous donne les
autorisations.

– Quelles autorisations ?

– L'administration nous interdit d'exporter les
semences.

– Mais ces semences-là sont mortes. Elles correspondent à des espèces depuis longtemps abandonnées !

M. Mohamed El-Hossainy el-Akkad leva vers moi
ses yeux clairs, ceux qui lui donnaient tant le regard de
Raymond Aron, mi-malicieux, mi-perdu.

– Il faut comprendre l'administration. On a tant volé
le passé de mon pays…

À son tour, il me touche le bras.

– L'administration répond toujours oui. Il suffit de
lui présenter la demande autant de fois qu'il est nécessaire. Gardez espoir.

*
* *

J'ai oublié de raconter le vide.

Tous les musées du Caire étouffent sous les touristes.
Le coton n'intéressait que nous quatre : M. Mohamed

El-Hossainy el-Akkad, ses deux dames acolytes et le
Français fou de fibres.

J'ai aussi oublié le sable.

L'air du Caire, venu du désert, n'est que sable. Toutes
les surfaces du Caire sont sans cesse recouvertes de
sable. Pourquoi, depuis mon entrée, pas plus qu'un visiteur n'avais-je remarqué le moindre grain de sable sur
aucun meuble, aucune vitre, aucune dalle du sol ? Qui,
heure après heure, nettoyait si soigneusement ce musée
toujours désert ?

*
* *

Innombrables, interminables et magnifiquement réci-
proques furent les compliments échangés.

– Le coton peut être content. Vous lui avez voué la
plus belle maison possible.

– Des amateurs tels que vous sont le miel de la
muséographie.

Etc.

Son regard clair se perdait, M. Mohamed El-
Hossainy el-Akkad m'avait pris les deux mains et ne
les lâchait plus.

– Promettez-moi de revenir.

– Je vous le promets.

– Promettez-moi de revenir vite.

– Je vous le promets.

Et maintenant mon taxi s'en allait.

Je me retournai une dernière fois. En haut des
marches, les trois toutes petites personnes n'avaient pas

bougé. M. Mohamed El-Hossainy el-Akkad, entouré de ses deux dames acolytes. Ils agitaient le bras de plus en plus lentement.

Pourquoi avais-je la certitude que le musée du coton, leur musée, n'aurait pas d'autre visiteur avant que j'y revienne ?

Le train espagnol

Certains signes ne trompent pas : les gares ont leurs préférences. Elles respectent quelques trains et méprisent tous les autres.

La gare Ramsès du Caire ne fait pas exception. À l'évidence, elle tient Alexandrie en haute estime. Égyptien ou étranger, le voyageur pour cette destination est choyé, presque célébré. Face à l'entrée de sa voiture, un tapis rouge est déroulé et un escabeau installé pour faciliter sa montée. Certes, il branle, cet escabeau, dangereusement. Mais comment ne pas saluer la délicate attention de l'administration ferroviaire ? D'autant qu'à peine, en tanguant, êtes-vous monté qu'un homme se précipite. Il vous soulage de votre bagage, vous installe et vous regarde avec une tendre autorité : désormais, plus rien ne peut vous arriver de désagréable, puisque vous êtes sous sa protection. J'apprendrai plus tard que c'est le responsable du wagon.

Même visage rectangulaire taillé à la serpe. Mêmes chevelure et moustache drues et blanches. Mon ange gardien ressemble trait pour trait à Faulkner. La mégalomanie vient facilement en Égypte. Du haut de ces pyramides, soixante siècles d'histoire vous contemplent et s'intéressent à vous. Comment ne pas voir dans cette ressemblance une nouvelle gentillesse de la gare du Caire ? Me sachant écrivain, elle a choisi pour moi, parmi tous les chefs de wagon possibles, le sosie d'un auteur non seulement immense, mais spécialiste des univers cotonniers (le sud profond des États-Unis).

Bercé par tant de bienveillances, je me serais volontiers endormi si la violente secousse du départ ne m'avait rappelé à ma tâche d'enquêteur.

Que Le Caire soit vaste, nul ne l'ignore. On ne loge pas dix-sept millions d'habitants dans un mouchoir de poche. Interminable est donc la traversée des banlieues. Des enfants courent, des chèvres broutent les sacs plastique, le linge sèche aux façades, les paraboles captent les trésors télévisuels du monde entier, tandis que sans cesse les minarets nous rappellent la taille de Dieu (Il est grand).

Lorsque les bâtiments peu à peu s'espacent, enfin paraît le vert. Un vert tendre, nous sommes en février, le printemps ne va plus tarder ; du vert jusqu'à l'horizon, un vert joyeux, vert d'espérance, qui annonce de belles futures récoltes. Ce vert à perte de vue est planté de silhouettes. Elles se penchent, se redressent. Elles travaillent ou elles prient : comment, de si loin, faire la différence ? Des ânes passent ou attendent, attelés à des charrettes miniatures. L'eau est partout, on la voit dans des canaux ; ailleurs, à certaines lignes enfoncées dans les champs, on la devine. L'eau règne. Qui pourrait ignorer qu'elle est le père et la mère de tout ce vert ? Oui, même à travers la vitre de mon train, je sens la tranquille assurance, l'autorité de cette eau : je viens du Nil, je suis le Nil.

Qui peut croire, en Égypte, que la Terre est ronde ? Le monde y est plat, si plat… Et comment imaginer qu'ici aussi passe le temps ? Les gestes n'ont sans doute pas changé depuis des millénaires, les mêmes journées s'écoulent, sans cesse recommencées. Ce paysage ancré dans la nuit des temps paraît l'image même de l'immuable.

Devant cette paix, pourquoi une telle sensation de menace ?

La réponse, il faut la demander aux ennemis du vert. Pauvre vert ! À peine s'est-il installé, au sortir du Caire, que déjà une autre ville le dévore. Laquelle, à peine quittée, laisse la place à une autre, et à une autre encore. Et quand le vert revient, on sait qu'il ne va pas durer longtemps. Déjà des bâtiments s'élèvent au beau milieu d'un champ. L'année prochaine ou celle d'après, un village ici prendra ses aises, avant de devenir ville à son tour. À force d'être rongé par toujours plus de maisons nécessaires pour loger toujours plus d'Égyptiens, que va-t-il bientôt rester du vert ?

Des cheminées montent vers le ciel, çà et là, dans la campagne. Comme Faulkner passe et repasse, s'inquiétant sans relâche de mon bien-être, je m'informe.

– Ce sont des briqueteries.

Décidément, l'Égypte est en train de m'entrer dans le cœur. J'ai l'impression qu'un destin terrible est en marche, un enchaînement maléfique doublé d'une trahison. C'est avec l'argile même du delta qu'on fabrique les briques qui vont avaler le delta.

La honte soudain me prend de m'intéresser au coton : lui aussi s'attaque au vert. Éternelle bataille entre les cultures qui nourrissent et celles qui enrichissent (cultures vivrières contre cultures d'exportation).

Pour sortir de ce dilemme, Faulkner manifestement n'a pas de solutions. Tout en allant et venant dans notre wagon, il joue avec un trousseau tintinnabulant d'au moins trente clefs. Pour ouvrir quoi ? Rien ne ferme, dans ce train, pas même la porte des toilettes.

Un ange gardien sait prodiguer au bon moment les bons conseils : comme notre convoi, aux prises avec l'un de ces mystères du trafic ferroviaire, ne cesse de ralentir – déjà les ânes du chemin marchent au même pas que nous –, il me suggère d'aller rendre visite au bar.

– Vous aimerez, me dit-il, c'est l'ancien temps. Tous nos visiteurs aiment l'ancien temps.

Le reproche est enveloppé dans l'un des plus doux sourires qui m'aient été adressés. Comment en vouloir à Faulkner ? Dire la vérité est l'une des responsabilités de l'ange gardien. Nous, touristes, ordonnerions volontiers aux Égyptiens de s'arrêter de vivre et de revenir en arrière pour que nous puissions plus à loisir nous émerveiller de leur passé.

Je me lève, gêné. Et gagne l'ancien temps. Un vestige de l'Orient Express. Un wagon lambrissé de bois précieux, palissandre et rose, avec de larges fauteuils et, sur chaque table, une lampe à abat-jour de velours. À la place de l'ampoule, quelques hôtes indélicats ont déposé leur chewing-gum. Quelle importance puisque ce train, baptisé « espagnol » pour des raisons obscures, ne circule que le jour ?

Le vert qui avait vaillamment combattu et tant bien que mal résisté jusque-là a rendu les armes. Depuis déjà des quarts d'heure, nous roulons dans une ville. Les maisons sont basses, surmontées des habituelles paraboles, mais aussi de petites constructions aux bouts arrondis, semblables à des pains de sucre. Le serveur, autre ange gardien, m'explique qu'il s'agit de pigeonniers. Signes réconfortants que, dans l'âme égyptienne, la part agricole demeure, le goût de l'élevage.

Bientôt ces maisons gagnent en hauteur, deviennent immeubles. Il faut croire que les pigeons ne supportent pas l'altitude, leurs pains de sucre ont disparu.

La ville a gagné.

Et c'est ainsi, dans mon bar, morceau d'ancien temps, qu'à l'heure de la prière je suis entré dans Alexandrie.

La mosaïque prodigieuse

Sur les quais de la gare, des âmes bienveillantes avaient déroulé des tapis pour permettre aux croyants de s'agenouiller sans trop d'inconfort. Étant donné le lieu, leurs invocations à Dieu pouvaient se comprendre comme les annonces de prochains départs. Peut-être aussi comme des appels au secours : Tout-Puissant, j'habite une ville tellement compliquée, aidez-moi à m'y retrouver !

Alexandrie est de la même race que Jérusalem. On ne s'aventure pas sans vertige dans un tel catalogue de civilisations.

Dès la file de taxis, à la vue des premières colonnes et des morceaux de statues, on remonte loin dans le temps.

331 avant Jésus-Christ.

« Maître désormais de l'Égypte, Alexandre voulait y fonder une ville grecque, grande et populeuse, à laquelle il laisserait son nom » (Plutarque, *Vies parallèles*).

« Les architectes avaient commencé de tracer avec de la craie une ligne d'enceinte, quand la craie vint à manquer. Justement, le roi arrivait sur le terrain. Les intendants des travaux mirent alors à la disposition des architectes une partie de la farine destinée aux ouvriers. Et ce fut avec cette farine que fut tracée une bonne partie des alignements de rues. Le fait fut interprété, paraît-il, comme un très heureux présage » (Strabon, *Géographie*).

À partir de cette date, siècle après siècle, la ville sans cesse se métamorphose, car sans cesse elle accueille : l'Égypte, Rome, le christianisme, l'islam, les Turcs, les pèlerins vers La Mecque, et tous ceux qui fuient l'une ou l'autre des permanentes violences du Proche-Orient.

« Alexandrie semble macadamisée avec les ruines pulvérisées de mille cités. Chaque arpent de terre tourné et retourné. Le sol, humus épais, paraît historique… », écrit Melville en 1857, alors que la ville s'apprête encore à vivre bien d'autres aventures.

Chaque communauté nouvellement installée garde le contact avec son pays de naissance. Si bien qu'Alexandrie devient peu à peu le centre du plus riche et divers des réseaux. D'un bout à l'autre de la Méditerranée, les échanges sont des affaires de familles qui, toutes, sont peu ou prou alexandrines. Même Venise n'est pas concurrente : c'est, de l'autre côté de la mer, la partenaire par excellence, la porte donnant sur l'Europe.

Certaines époques sont plus fastes que d'autres, mais jamais le port ne désemplit de bateaux venus chercher le blé d'Égypte, ses fruits ou, déjà, son coton. Et toutes sortes d'autres richesses arrivées de bien plus loin. Car Alexandrie est aussi un port terrestre où aboutissent les

longues caravanes qui ont traversé l'Afrique ou l'Asie
pour apporter le sel ou l'or, la soie et les épices.

*
* *

À l'orée du XIXᵉ siècle, l'équipée de Bonaparte
n'est déjà plus qu'un souvenir. Lui-même s'en est allé
prendre le pouvoir à Paris, son successeur Kléber a été
assassiné, et les autres généraux qu'il a laissés, défaits,
ont rembarqué. Seuls demeurent quelques savants et
l'admiration pour la France du nouvel homme fort,
l'Albanais Mohamed Ali, représentant du pouvoir otto-
man. Pris de passion pour l'Égypte, il veut la réveiller.
À cette fin, il s'entoure d'ingénieurs occidentaux, dont
le Marseillais Pascal Coste. Lequel, parallèlement à
de grands travaux d'aménagement, construit les vingt
tours du télégraphe Le Caire-Alexandrie. Entre les
deux villes, les nouvelles circulent désormais en moins
d'un quart d'heure.

La modernité coûte cher.

Où trouver l'argent ?

Un jour de 1821, un autre savant français, Jumel,
visite un jardin cairote et tombe en arrêt devant un
arbuste. Botaniste, il a vite fait de reconnaître le
Gossypium barbadense. Il s'émerveille : les fibres qui
entourent ses graines sont d'une longueur et d'une
douceur inconnues. On prévient Mohamed Ali, qui
comprend le potentiel de la découverte. Dans l'instant,
il envoie ses fonctionnaires aux quatre coins du delta.

Sous peine de mort, les paysans doivent se mettre à cette culture.

Toujours avides d'un nouveau produit à vendre, les commerçants alexandrins s'enfièvrent et s'organisent. Lorsque, trente ans plus tard, éclate la guerre de Sécession, asséchant la première source d'approvisionnement des filatures de Manchester, le coton égyptien est prêt à prendre la relève.

Un despote albanais très éclairé ; une graine venue on ne sait comment des Barbades ; un delta d'Afrique ; un botaniste français ; un conflit interne à l'Amérique ; une industrie du Lancashire… Qui peut encore croire que la mondialisation est une réalité neuve ?

*
* *

« "Oh, Dieu nous garde ! Quel est ce bruit effroyable ? Courons, courons ! Quelqu'un a-t-il été tué ?

– Ne vous tourmentez pas, cher monsieur au grand cœur, ce ne sont que les marchands d'Alexandrie qui achètent du coton.

– Mais ils sont certainement en train de s'assassiner les uns les autres ?

– Point du tout. Ils ne font que gesticuler.

– Existe-t-il un endroit d'où l'on puisse sans danger regarder ces gestes-là ?

– Ce lieu existe.

– Il ne m'y sera physiquement fait aucun mal ?

– Aucun, aucun.

– Alors montrez-moi le chemin, je vous prie."

Et, après avoir gagné une pièce située tout en haut, nous avons plongé nos regards dans une salle prodigieuse.

Il est courant de comparer de telles visions à l'*Enfer* de Dante, mais la ressemblance était ici bien réelle, car on voyait clairement marqués les cercles concentriques dont parle le Florentin. Dans ces cercles, séparés les uns des autres par des balustrades décoratives, les tourments s'intensifiaient à mesure que se réduisaient les dimensions, au point que le cercle intérieur était envahi, sans espoir de rédemption, par une foule d'âmes en sueur. Par-dessus la cuvette centrale où ne se tenait, comme pétrifié, qu'un employé inamovible, ces gens échangeaient force cris, gestes de bras et postillons. L'employé agitait de temps en temps une clochette, tandis qu'un de ses collègues, qui se tenait plus loin sur une échelle, grimpait de temps à autre pour écrire à la craie sur un tableau. Les marchands se frappaient la tête et poussaient des hurlements. Puis est venue une terrible accalmie. Quelque chose de pire se préparait. Nous en avons profité pour parler.

"Oh, dites-moi le nom de ce lieu !

– Ce lieu n'est autre que la Bourse. On vend le coton de ce côté-ci et les valeurs immobilières de ce côté-là[1]." »

Ce brusque afflux d'or, cadeau du coton (les prix quadruplent en trois ans), donne les moyens de réaliser

---

1. E.M. Forster, *Pharos et pharillon*, 1953, traduction de Claude Blanc, Quai Voltaire, 1991.

le vieux rêve : faire d'Alexandrie une ville libre, une municipalité qui se gère elle-même, un rêve d'Europe idéale sur un rivage de l'Afrique.

Il est une expression latine que les Alexandrins ne cessent de se répéter : *Alexandria ad Aegyptum*, « Alexandrie, proche de l'Égypte », c'est-à-dire pas tout à fait égyptienne.

Ce sentiment d'extraterritorialité existe depuis toujours et Alexandrie n'en a pas le monopole. Toutes les grandes villes commerciales ont le regard tourné vers l'extérieur plutôt que sur le terroir où elles sont campées. Tous les comptoirs, toutes les échelles, les fameuses « échelles du Levant », ont des mentalités vagabondes inspirées par leurs pratiques économiques.

*
* *

Le boom ne va pas durer : à peine cinq ans. Dès que s'est tu le dernier canon de la guerre civile américaine, les cours reprennent leurs niveaux de 1860. Cette aubaine aura suffi pour ancrer l'orgueil, enfler la confiance, conforter, étendre les réseaux, développer les infrastructures. Ainsi naissent la bourse des échanges et le port moderne : Minyet al-Bassal, le quai aux oignons.

Le retour à la normale ne surprend pas les financiers avisés : ils ont prévu l'effondrement, ont réinvesti dans d'autres secteurs. Seuls les petits cultivateurs sont ruinés : ils s'étaient endettés pour accroître leur production. Les financiers rachètent à bas prix leurs terres. Si bien que c'est la chute des cours qui permet à Alexandrie de s'emparer d'un joli morceau de delta.

« Autant en emporte le vent. »

Même s'il sait qu'elle repose sur le travail inhumain des esclaves noirs, lequel d'entre nous ne garde une honteuse tendresse pour les grandes maisons blanches du Sud américain ?

De même, la richesse égyptienne du coton doit autant aux fellahs et à leur labeur harassant. Mais la société qui en naît est autrement plus intéressante. Que valent les thés et les crinolines de l'Alabama et du Mississippi, comparés au cosmopolitisme d'Alexandrie dans ces années bénies commencées vers 1840 ?

Chaque communauté a sa ville, ses bâtiments, ses écoles, ses lieux de culte, de loisir ou de plaisir. Ville grecque, ville française, ville italienne, ville juive, ville syro-libanaise, ville arménienne, ville turque… Le maximum de diversité dans le maximum de tolérance. Villes de vivants très vivants, auxquelles correspondent autant de villes pour les morts : les cimetières occupent dix-huit hectares. Dix-huit hectares d'épitaphes qui racontent, chacune en quelques lignes, tous les destins possibles.

« Ci-gît Housep A. Tcherkesian, né à Amania (Turquie) en l'an 1839. Installé à Alexandrie en 1874 où il fonda la première Maison de ficelles. Décédé en état de garçon à Alexandrie le 26 décembre 1898[1]. »

Alexandrie : ville de villes. Mais où est la ville égyptienne ? L'Égypte semble oubliée. Alexandrie, une fois

---

1. Lucien Basch, « Les jardins des morts », *Méditerranéennes*, automne 1996.

de plus, s'en est détachée. C'est un grand bateau à peine amarré où ont embarqué tous les peuples.

Pourquoi vivre ailleurs, puisque Alexandrie fait cadeau de tout ?

Je me souviens de la phrase empruntée par Paul Morand à James Boswell : « Quand un homme est fatigué de Londres, il est fatigué de la vie. Car Londres offre tout ce que la vie peut offrir. »

Miracle d'autant mieux goûté que chacun sait qu'il ne durera pas. Cette mosaïque prodigieuse ne peut qu'éclater. De ce présent déjà nostalgique, Constantin Cavafy fut l'inlassable troubadour :

« Tu dis : "J'irai vers d'autres pays, vers d'autres rivages. Je finirai bien par trouver une autre ville, meilleure que celle-ci, où chacune de mes tentatives est condamnée d'avance, où mon cœur est enseveli comme un mort. Jusqu'à quand mon esprit restera-t-il dans ce marasme ? Où que je me tourne, où que je regarde, je vois ici les ruines de ma vie, cette vie que j'ai gâchée et gaspillée pendant tant d'années."

Tu ne trouveras pas de nouveaux pays, tu ne découvriras pas de nouveaux rivages. La ville te suivra. Tu traîneras dans les mêmes rues, tu vieilliras dans les mêmes quartiers, et tes cheveux blanchiront dans les mêmes maisons. Où que tu ailles, tu débarqueras dans cette même ville. Il n'existe pour toi ni bateau ni route qui puisse te conduire ailleurs. N'espère rien. Tu as gâché ta vie dans le monde entier tout comme tu l'as gâchée dans ce petit coin de terre.

Quand tu entendras, à l'heure de minuit, une troupe invisible passer avec des musiques exquises et des voix,

ne pleure pas vainement ta Fortune qui déserte enfin, tes
œuvres échouées, tes projets qui s'avérèrent illusoires.
Comme un homme courageux qui serait prêt depuis
longtemps, salue Alexandrie qui s'en va. Surtout, ne
commets pas cette faute : ne dis pas que ton ouïe t'a
trompé ou que ce n'était qu'un songe. Dédaigne cette
vaine espérance… Approche-toi de la fenêtre d'un pas
ferme, comme un homme courageux qui serait prêt
depuis longtemps ; tu te le dois, ayant été jugé digne
d'une telle ville… Ému, mais sans t'abandonner aux
prières et aux supplications des lâches, prends un dernier plaisir à écouter les sons des instruments exquis de
la troupe divine, et salue Alexandrie que tu perds. »

Comme chacun l'avait prévu, cette Alexandrie mou-
rut en quelques jours au milieu des années 1950.

Pour ce miracle en allé, faut-il remercier le coton ?

J'ai écouté beaucoup d'Alexandrins, de savants histo-
riens, d'hommes d'affaires. Tous ont exprimé leur gratitude à la plante découverte par Jumel. Mais tous ont
ajouté : notre ville a d'abord le génie du commerce. Et
pour le vrai commerçant, l'important c'est le commerce,
pas ce dont il commerce. Le vrai tissage est le lien qui
se développe entre les humains.

Comment leur donner tort ?

Un après-midi
avec un certain M. Empereur

– M. Empereur ? Il habite rue Pharaon…

Le concierge de l'hôtel Cecil me parle doucement, comme à quelqu'un de fragile. Il sait que je viens d'arriver. Alexandrie est une boisson forte. Si l'on offre d'un coup au visiteur trop de solennité, il se pourrait bien qu'il perde la raison. Le cas, paraît-il, s'est (souvent) produit. Alors ce bon concierge distille au compte-gouttes ses informations invraisemblables.

– Vous ne voyez pas ? Au coin de la rue Ptolémée.

Et il sourit, il écarte les mains, on dirait qu'il s'excuse : qu'y puis-je si nos adresses sont grandioses ? Notre ville est ainsi. Il plisse les yeux. Imperceptiblement, il serre les poings. Il m'encourage. Ne vous inquiétez pas. Vous vous habituerez. Les vrais concierges savent prendre soin de l'être humain. Et celui qui me renseigne aujourd'hui avec tant de tact sur M. Empereur me fait penser à l'un de ses collègues, l'incarnation de la bien-veillance, rencontré jadis à Marianske Lazne, du temps du rideau de fer.

Au fond, Alexandrie est une ville d'eaux. Et la maladie qu'on y vient soigner serait peut-être l'excès de présent, dans nos vies, la tyrannie de l'immédiat avec son corollaire : l'absence de profondeur, qui peut se nommer platitude.

*
* *

M. Empereur n'était pas d'humeur à rester chez lui, rue Pharaon. Il m'a emmené jusqu'au cœur d'Anfouchi, le quartier turc. En chemin, comment ne pas saluer Cavafy ? Le poète s'était choisi un emplacement stratégique : au-dessus d'un bordel. De sa fenêtre, outre la clientèle arriver pour ces dames, il voyait aussi un hôpital et un cimetière. Quelqu'un qui s'intéresse à l'espèce humaine, où peut-il trouver meilleur observateur ?

Mais l'ami restaurateur de M. Empereur a également le sens du lieu. Il s'est annexé un morceau de rue, il l'a recouvert d'une bâche et y a installé tables et chaises. Les riverains qui continuent de passer en flots incessants ne gênent en rien les convives. Ils commentent les plats, donnent les dernières nouvelles de la ville ou, renfrognés, vont leur chemin sans rien dire. Autant d'occasions bénies de relancer des conversations qui menaçaient ruine : tu as vu cette triste figure ? Maladie ? Courage ? Masturbation ? Endettement ? On se nourrit en même temps de loup farci et de spectacles tout droit sortis d'un roman de Mahfouz ou de Cossery.

Depuis l'annexion de la rue, l'établissement a ajouté un adjectif au nom de son propriétaire : il s'appelle désormais « Abou Ashraf International ». Sont-ils plus fiers pour autant, les poissons qui attendent sur un étal d'être choisis par la clientèle ? Les palourdes ont la vie plus dure. Dans leur énorme bassine de fer étamé, elles s'ouvrent, sortent leurs cornes, s'agitent. Elles ont sûrement des histoires passionnantes à nous raconter sur leur milieu d'origine, les fonds marins. Mais les archéologues, malgré toute leur science, ne comprennent pas encore le langage gargouillant de ces vaillants mollusques.

M. Empereur, l'homme qui habite au coin des rues Pharaon et Ptolémée, est l'un de ces savants qui, de génération en génération, se succèdent ici avec la même gourmandise émerveillée. Pour eux, Alexandrie est un rêve d'enfant, un grenier inépuisable. Les trésors y sont de tous les âges. Comment choisir ?

La spécialité de M. Empereur est l'Antiquité, avec, semble-t-il, une prédilection pour les milieux aquatiques. Entre autres découvertes, on lui doit d'avoir arraché à la mer l'un des colosses qui ornaient la base du grand phare. C'est également lui qui a fait connaître le réseau des citernes qu'emplissaient, une fois l'an, *via* un canal, les crues du Nil. Les mois restants, la ville s'y abreuvait.

Cette érudition très particulière ne l'empêche pas de se passionner pour les autres époques. Et, quittant Abou Ashraf, nous voici partis vers le port ouest. Le ciel est gris, traversé de sombres nuages. Il souffle un vent glacé. Où donc a disparu l'Égypte ? On dirait Liverpool. Sur des kilomètres et des kilomètres, d'immenses entrepôts de brique. Ils sont presque vides aujourd'hui. Mais, jadis, durant l'âge de l'or (blanc), on y entassait les balles de coton en attente d'embarquement. Ils portent encore le nom des grandes familles qui régnaient sur ce commerce.

– Cette aventure n'est pas finie. Vous verrez dans deux, trois ans. Moi, j'ai toute confiance dans *notre* coton…

M. Empereur hoche la tête.

– Vous l'avez déjà touché ? C'est le plus doux qui soit au monde. Il faut que je vous fasse rencontrer quelqu'un.

M. Empereur est un archéologue d'une race particulière. Je veux dire qu'il est alexandrin. Dans une histoire de vingt-trois siècles, il a vu si souvent sa ville décliner, s'endormir avant de brusquement se réveiller… Mieux que personne, il sait que ce morceau de côte méditerranéenne a le génie des rebonds. Alors, plus encore que les vestiges du passé, il cherche des indices de renaissance. Le coton, « le meilleur car le plus doux qui soit au monde », peut-il relancer la vieille machine ? Amin Abaza vous le dira.

– Les Abaza sont des combattants, vous verrez. J'ai toute confiance… Toute confiance !

Cecil Hotel

Entre eux, les grands voyageurs parlaient du Cecil d'Alexandrie comme du Raffles à Singapour ou du Norfolk à Nairobi.

Si vous voulez apercevoir encore le nom mythique, Cecil Hotel, il vous reste peu de temps, hâtez-vous. Car la chaîne Sofitel, le nouveau propriétaire, déjà s'installe et prend ses aises.

J'imagine facilement la réunion où quelques petits hommes gris ont convaincu le nouveau propriétaire d'imposer son logo. SOFITEL au-dessus de la porte. SOFITEL en grosses lettres sur toute la façade.

Pauvres deux syllabes du prénom masculin Cecil. On les a reléguées sur les toits, maigrelettes, au-dessus des chambres de bonne. Nul doute que les hommes gris attendent de la prochaine tempête qu'elle les débarrasse de ce rappel gênant.

Les marques, qui résument notre époque, sont jalouses des légendes. Avec quelque raison. Celles-ci distinguent quand celles-là banalisent. Qui rêvera jamais devant une enseigne Sofitel ? Plus grave, on devine chez ces marques la haine du divers. Elles tentent de raboter le voyage. Comme si le pareil au même était le comble de la douceur, alors qu'il n'est qu'un avant-goût du trépas. Trépas, très pas : beaucoup de rien. Vous avez traversé la moitié de la planète ? Illusion, puisque ce soir vous dormirez dans une chambre en tout point semblable à la précédente. On a beau faire, hisser la voile, sauter d'un avion à un train, on ne quitte jamais ces nouveaux mornes pays qui ont précompté nos nuits et s'appellent Hilton, Hyatt, Sheraton ou Sofitel.

De l'utilité des familles

M. Amin Abaza n'aime pas l'hôtel Cecil. Pour quels sombres motifs ? Un mauvais souvenir personnel dans l'une des chambres mythiques ? Un parfum étouffant, ce regret qui flotte dans l'air, la nostalgie de l'Alexandrie d'antan alors que seul l'avenir est à l'ordre du jour ? Toujours est-il qu'il m'entraîne.

– Allons au Métropole, juste de l'autre côté de la place. La nourriture y est tout aussi mauvaise, mais on sera plus tranquilles.

M. Amin Abaza est un colosse. Voilà peut-être pourquoi il a toute la confiance de M. Empereur. Peut-être l'un de ses ancêtres gardait-il le phare d'Alexandrie ? Mais c'est un colosse d'une politesse exquise. Il va passer plus d'un quart d'heure à me présenter ses excuses. Pour son français (il est parfait). Pour le vin qu'il a choisi (il est détestable). Pour la pluie qui tombe au-dehors (je le rassure, je suis breton ; avec tout ce que j'ai déjà reçu sur la tête, je devrais être depuis long-temps dissous).

La famille Abaza est fière de sa légende. Laquelle commence quelque part vers le Yémen, à la source des temps (c'est l'époque où naissent les légendes). Vers le XIIIe siècle, pour une raison inconnue, sans doute violente, la famille Abaza quitte l'Arabie heureuse pour s'installer dans le delta où, vite, elle se lance dans un métier qui rapporte : la protection des pèlerins en route vers La Mecque. Pour compléter ses ressources, elle commerce et, bientôt, prospère. La famille Abaza voit grand et prend bien soin d'elle-même. Avec méticulosité et constance, elle s'occupe de sa génétique. Ainsi, à intervalles réguliers, elle unit ses mâles les plus robustes aux plus belles des esclaves disponibles, avec une prédilection pour les Caucasiennes. Et voilà comment, de génération en génération, vinrent au monde des colosses, dont celui, tout sourire, qui me fait face.

Le coton, Amin Abaza l'a d'abord fui comme la peste : son père s'y était brûlé les ailes, victime des renversements, toujours brutaux, du marché. Deux dizaines d'années durant, il a dû rembourser ses dettes. À peine est-il parvenu à se renflouer que Nasser arrive avec son cortège de mesures socialistes : morcellement et donc redistribution des terres, obligation de garder ses employés, nationalisation du négoce, devenu l'apanage de six sociétés publiques… La famille fait le dos rond, trouve refuge dans la haute fonction publique.

Ses études terminées, Amin choisit d'abord la finance, puis l'immobilier. Avec succès. Mais comment résister à l'appel de la fibre ? Dès qu'en 1994 une loi nouvelle autorise le commerce privé, notre colosse s'engouffre dans la brèche. Dix ans plus tard, sa société, Modern Nile Cotton Company, domine toutes ses concurrentes et Amin, son directeur général, préside le syndicat des exportateurs.

Est-ce la faute du dîner, peu goûteux comme prévu, ou la pauvre situation de l'économie égyptienne, encore largement nationalisée ? Notre ami a perdu sa bonne humeur. Tour à tour il vitupère le manque de soin de ceux qui cueillent et, plus généralement, la paresse des paysans : vous vous rendez compte ? Ils n'imaginent pas possibles deux récoltes annuelles ! Il s'indigne de l'incompétence des agronomes chargés des assolements. Il dénonce le manque de vigilance de ceux qui vérifient la qualité… Toutes faiblesses impardonnables, engendrées par le collectivisme et ô combien dommageables pour l'Égypte. D'ailleurs, on dirait que notre cadre s'est mis à l'unisson. Le Métropole ressemble trait pour trait à certains vastes hôtels désolés de l'autre côté du rideau de fer (Tchécoslovaquie, Allemagne de l'Est), visités jadis lorsque j'enquêtais sur les villes d'eaux européennes.

Il en faut plus pour abattre longtemps un Abaza. Depuis le Yémen, les siens ont dû affronter bien d'autres adversités.

– Soixante siècles d'Égypte et seulement quarante ans de socialisme…

Sa gaieté est revenue, et son appétit. Ses grands-mères caucasiennes ne devaient pas détester la vie.

L'avenir, de nouveau, lui appartient.

Le coton égyptien ? Toujours le meilleur du monde. Avec ce paradoxe : le marché local n'étant acheteur que des textiles bas de gamme, on doit importer de très mauvaises fibres.

La compétition coton/cultures vivrières? Faux problème. Un institut de recherche a déjà trouvé des variétés qui, poussant vite, n'occupent le sol que peu de temps, à peine le tiers de l'année. Ce qui laisse une place tout à fait suffisante aux légumes et aux céréales.

Quels débouchés pour cette merveille de coton égyptien? La longueur de la fibre donne la légèreté et la douceur, mais aussi la résistance. L'Égypte produit les deux tiers des fibres de cette qualité. Leur utilisation va des tissus de grand luxe aux… parachutes. De tels cotons entrent aussi dans la fabrication des pneumatiques.

Comment relancer la production? Il faut revenir sur la réforme agraire. Les exploitations n'ont pas le droit de dépasser vingt-cinq hectares. Comment, dans ces conditions, moderniser, améliorer les rendements, trouver sa place dans une concurrence mondiale devenue féroce?

– Vous croyez possible de bouleverser la répartition des terres? Ce serait la guerre civile.

– Notre développement beaucoup trop lent est le premier ferment de la révolte. Les autorités croient pouvoir figer la situation en s'appuyant sur une fonction publique pléthorique: trois millions de soutiens inconditionnels. Ce rempart ne tiendra pas longtemps.

– On dit qu'en 1952, lorsque les colonels (dont Nasser) ont renversé Farouk, soixante-cinq familles régnaient sur l'Égypte. Vous vous dites libéral. Et vous voulez relancer l'influence des familles? Y a-t-il encore une place pour la famille dans le capitalisme moderne?

– En 1994, j'ai acheté mon premier coton. À qui le vendre ? J'ai pris l'avion pour la Suisse. Un négociant connaissait les Abaza. C'est pour cela – et seulement pour cela – qu'il m'a donné le coup de pouce.

Le dîner s'achève par un très mauvais café tiède. Qu'importe, puisque dans notre conversation il n'est question que de bonheur.

– Au fond, monsieur Abaza, quel est le secret de votre coton ? Pourquoi cette qualité à nulle autre pareille ?

– Il faut remercier le soleil. Parmi tous les autres pays, c'est l'Égypte qu'il a choisie pour donner le meilleur de lui-même. Des études ont été faites : le coton, durant toutes les semaines où il pousse, a besoin de chaleur, mais surtout d'une grande stabilité de température. Chaque année, le soleil nous fait ce cadeau. Peut-être, la nuit aussi, continue-t-il de s'occuper de nous ?

– Pourquoi le coton ? Pourquoi mener pour lui tant de batailles, supporter tant de risques ? Vous ne regrettez pas vos anciens métiers ?

– Il y a tous les métiers dans le coton, de l'agriculture à la finance. Un bon négociant doit tout savoir à tout moment de la Chine et de l'Amérique, de l'Australie et de l'Ouzbékistan. Un bon négociant est à l'écoute permanente de la planète. Et puis…

On dirait que M. Abaza voudrait faire oublier sa force. Il tente de se rétrécir, de sourire lointainement comme un vieux sage.

– Et puis le coton aime la paix. Quand le coton va bien, c'est que le monde est calme et digne.

V

OUZBÉKISTAN

Le cadeau de la neige

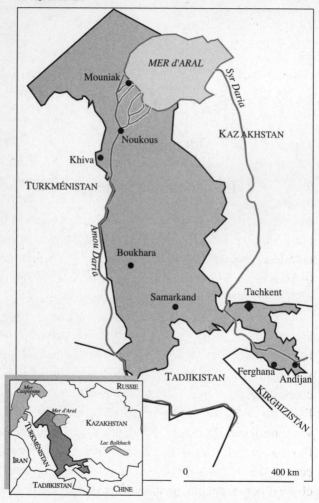

Ouzbékistan

Pédagogies

Oublions l'exécrable dîner du vol IY252. Encore qu'un tel talent dans le massacre des aliments mérite une sorte d'admiration étonnée : comment graisser à ce point une aubergine à peine sortie du congélateur, c'est-à-dire mi-tiède, mi-glacée ? Comment larder de tant de nerfs un centimètre cube de matière brune baptisée agneau ? Comment rancir jusqu'aux frontières mêmes de la pourriture un malheureux yaourt ?

La compagnie O'ZBEKISTON HAVO YO'ILARI (Ouzbekistan Airways) n'a cure de ces aigreurs. Elle sait que le spectacle bientôt offert va lui conquérir l'âme du voyageur. En effet, le soleil se lève soudain sur l'Asie centrale avec, à main droite, les premières crêtes de l'Himalaya. Carte postale grandiose que complète très vite une leçon de désert. Pendant des quarts d'heure, l'avion survole des plateaux grisâtres auxquels succèdent des vagues de sable jaune. Soudain quelque chose d'ocre serpente, un fleuve. Du vert paraît, des parcelles cultivées, des amorces de villes. Et, de nouveau, rien. Rien que le sable, des plateaux gris ou virant au rouge. Pas besoin de mots, l'essentiel est dit : j'arrive au royaume des oasis, un pays qui ne vit que d'irrigation.

L'enseignement continue. Une autre compagnie aurait fait atterrir son Boeing n'importe quand, au petit hasard de la disponibilité des pistes. Pas O'zbekiston, cette grande pédagogue ! Elle s'arrange pour vous débarquer au milieu d'un fleuve de vieux, très vieux pèlerins en provenance de Djeddah. Tout de blanc vêtus, bidon d'eau à la main pour les ablutions, ces papies et mamies de l'islam s'amusent, s'apostrophent, se chicanent comme des collégiens. À n'en pas douter, c'est leur premier voyage. Les uns ont égaré leur passeport, le laissent tomber deux fois, trois fois tant leurs mains tremblent… À l'appel manquent trois pèlerins. Où sont-ils encore passés ? Les plus valides partent explorer les toilettes. Avec ces ancêtres bien galopins, les soldats et les policiers ne savent plus comment s'y prendre. Ils portent des uniformes russes mille fois vus dans les films sur la guerre froide : tuniques vertes et larges casquettes plates inclinées vers l'arrière, à la mode auréole. Ils prennent l'air farouche, ils haussent le ton. Mais cette exaspération de façade ne dure pas : « Allez, passez, tout le monde, joyeux retour au pays et bon ramadan ! »

Je ne pouvais décemment pas attendre plus de cette chère compagnie aérienne. Elle avait rempli, et au-delà, sa mission éducative. Outre la loi du désert, je venais d'apprendre que le peuple ouzbek était d'un naturel gentil, que son islam était bon enfant et que soixante-dix années d'occupation soviétique y avaient laissé des traces, ne serait-ce que vestimentaires.

Nanti de ces quelques repères de base, je pouvais commencer ma visite de la patrie d'Avicenne et de Tamerlan. Laquelle est par ailleurs le deuxième exportateur mondial de coton.

Romantique

En guise d'introduction aux réalités ouzbèkes, une rencontre m'avait été organisée avec M. le vice-recteur de l'université. À chaque bout de la pièce (immense), un portrait du président Karimov. Les deux dictateurs se regardent donc. Table interminable et bien, si bien cirée. D'un côté, les Ouzbeks ; de l'autre, nous, les Français. Formules de politesse. Pia-pia diplomatique. Et soudain, le vice-recteur pique un fard. Je viens de lui apprendre le sujet de mon enquête.

– Ah, le coton !

Ce solide technocrate est un émotif. Et un sentimental. Ses yeux s'embuent quand il raconte les automnes de son adolescence :

– Ah, ces parties de fou rire dans les cars ! Ah, cette fraternité dans les champs ! Ah, ces chansons une fois la nuit tombée !

À ses côtés, un petit jeune homme impassible, propret et coincé, prend des notes sur un gros cahier. Il doit surveiller son chef. De l'époque soviétique, l'Ouzbékistan a gardé ce principe : tout le monde contrôle tout le monde.

– C'était… c'était si romantique !

Hélas, après enquête, ce romantisme eut tôt fait de perdre de son charme.

Les machines à récolter le coton étant trop chères, l'Ouzbékistan a trouvé la méthode, héritée elle aussi de l'ère socialiste : la mobilisation générale. De mi-septembre à fin octobre et parfois au-delà, vous ne rencontrerez personne dans les écoles, les lycées, les facultés. À partir de dix ans et jusqu'à vingt-cinq ans, les jeunes sont dans les champs. Douze heures par jour, ils récoltent. Il faut savoir que les feuilles séchées sont coupantes ; cueillir le coton arrache les doigts. Salaire symbolique (quatre centimes d'euro le kilo), maigre nourriture, dortoir de fortune dans des granges. Le week-end, les jeunes sont rejoints par des agents de la fonction publique appelés en renfort. Et tant que tout le coton n'est pas rentré, on continue jusqu'à plus d'heure, jusqu'à mi-, voire fin novembre. Souvent, la neige a commencé.

Romantique II

À la fin de notre chaleureux entretien, le vice-recteur de l'université s'est enquis de mon programme. Samarkand, Boukhara ? Très bien, très bien, n'oubliez pas Khiva, notre perle selon moi. Et la mer d'Aral ? Vous avez raison, il faut voir le désastre de la mer d'Aral. L'environnement est devenu l'une des priorités de notre gouvernement.

Le petit jeune homme impassible n'a pu s'empêcher de hocher la tête : le vice-président respectait parfaitement la ligne. Un silence pesant s'est installé dans la pièce.

On voulait savoir la suite de mon voyage. Car, si l'étranger est surveillé mais accueilli bien volontiers dans l'ouest du pays, il n'est, depuis le 13 mai 2005, pas (du tout) souhaité dans la partie orientale.

Plus de huit millions de personnes habitent la vallée de la Ferghana. Longue de trois cents kilomètres, large de cent cinquante, encerclée de hautes montagnes, c'est, depuis toujours, un gros îlot de prospérité au cœur de l'Asie centrale. Et les paysages y sont, dit-on, renversants de beauté.

Dévalé du Pamir, le fleuve Syr-Daria l'irrigue et les marchands qui veulent commercer avec la Chine forcément la traversent. En 329 avant Jésus-Christ, Alexandre, ébloui, y fonda sa neuvième Alexandrie (*Alexandria Eskhate*, Alexandrie ultime).

En toute logique, j'aurais dû aller y saluer les champs de coton les plus beaux du pays (soixante pour cent de la production nationale).

Dans la soirée du 12 mai 2005, une foule s'était réunie sur la place principale d'Andijan, la plus grosse ville de la région (trois cent cinquante mille habitants). La population réclamait la libération de responsables locaux récemment arrêtés. Tachkent les présentait comme de dangereux islamistes. Selon d'autres sources, convergentes et plus crédibles, il s'agissait seulement d'entrepreneurs, certes musulmans (mais comme tout le monde) et qui voulaient plus de liberté. Le climat se tendit. L'armée tira. Cent quatre-vingt-sept morts, pour les autorités : tous des militants armés. Plus de cinq cents victimes, selon les ONG présentes, beaucoup de femmes, beaucoup d'enfants, en rien combattants de la foi.

Avec retard, la communauté internationale s'émut. Dans l'instant, le président Karimov dénonça un complot occidentalo-islamiste (la Grande-Bretagne et les États-Unis auraient financé ces groupes intégristes pour déstabiliser la nation ouzbèke…). La Russie et la Chine, au contraire, déclaraient approuver sans réserve cette fermeté : la Tchétchénie n'est pas si loin et le Xinjiang n'est pas toujours calme.

Bref, cette zone hautement « romantique » n'est plus ouverte aux regards du voyageur.

Comment à partir de paisibles croyants crée-t-on de farouches islamistes ? L'Asie centrale semble avoir un talent particulier pour multiplier ce genre de fabriques.

Tatarologie

De nos jours, la route de la soie se parcourt plutôt en autocar. Me voici donc attendant l'heure du départ dans une double odeur d'huile de vidange et de brochettes calcinées. Autour de moi s'agite et s'affaire l'Asie tout entière. D'un coup de menton discret, mon nouvel ami, le guide-interprète Madamin, ex- et toujours diplomate, conseiller aux affaires complexes de la société coton-nière D., me désigne tel ou tel de mes confrères voya-geurs et me chuchote à l'oreille le nom de son ethnie :

– Ici, c'est un Tadjik ; là, une famille kirghize ; plus loin, assis sur le tas de journaux, un Kazakh ; oh, celui-ci, avec son chapeau noir, c'est bien un Karakalpak : il croit qu'il va monter dans le car avec son veau ; ainsi sont-ils, ces gens-là, des fous de bétail ; et ces Coréens… Étrange ! D'habitude, ils prennent l'avion. Ils sont si riches ! On peut dire que l'exil leur a profité. Ils peuvent remercier Staline.

Je sursaute et me renseigne. Staline ! Quel forfait avait-il bien pu commettre dans cette contrée reculée ? Des Coréens habitaient depuis toujours l'extrême par-tie orientale de la Sibérie. Ils étaient environ deux cent mille. Staline les trouvait trop proches de ses ennemis japonais. En moins d'une semaine, à la fin des années 1930, ils se retrouvèrent tous ici… Quand il avait des gens à déporter, par exemple les Allemands d'Ukraine en 1941 ou les Turcs, Staline pensait toujours à l'Ouzbékistan. Délicat, non?

– S'il vous plaît!

Madamin, jusque-là si discret, a presque crié. Nos voisins sursautent.

– Je vous en supplie! Tournez-vous. Pardonnez-moi, mais le directeur m'a donné comme première consigne de vous protéger.

– Que se passe-t-il?

– Vous avez regardé une Tatare.

– Cette femme en tailleur gris? On dirait une avocate ou une banquière.

– Malheureux! C'est une Tatare. Aucun Français ne résiste à une femme tatare. Ce doit être dans leur sang et dans le vôtre. J'en connais déjà cinq. À peine arrivés de Paris et même s'ils sont mariés, ils se mettent en ménage avec une Tatare. Le directeur m'a bien fait promettre: pas de femme tatare pour M. Orsenna.

– Allons, allons, à l'âge que j'ai!

– Les femmes tatares ne craignent pas les années, bien au contraire.

– On dirait qu'elle nous sourit.

– Qu'est-ce que je vous disais? Partons.

Nous ne sommes montés dans l'autobus de Samarkand qu'au tout dernier moment. Et encore, après que mon garde du corps eut vérifié qu'aucune de ces créatures malfaisantes ne nous avait précédés.

Sur la route, entre autres informations érudites sur Alexandre le Grand, je reçois ma leçon de tatarologie, branche hélas trop méconnue de la démonologie. Résumons. Il y a deux catégories de femmes tatares : les Tatares de Crimée, qui ont vu leur flamme s'apaiser avec les siècles ; elles restent dangereuses, mais une âme moyennement morale peut les combattre ; en revanche, devant une Tatare originelle, une Tatare de Kazan, la seule solution est la fuite immédiate.

– Vous connaissez Kazan ?

J'avoue mon ignorance.

– Kazan est sans doute la vraie capitale mystique de la Russie. Feu de Dieu et feu du diable, il brûle là-bas un incendie qui dévore les habitants et ne s'éteint jamais. Une vraie Tatare, une Tatare de Kazan, ne lâche pas sa proie. Où que vous fuyiez, elle vous retrouve. Vous savez comment on les reconnaît ?

Je secoue piteusement la tête.

– Quand on leur tend quelque chose, trois fois rien, un sac, un journal, elles l'agrippent à deux mains et elles serrent, elles serrent. Vous voyez que j'ai bien fait de vous protéger !

M. Akhmedov

M. Akhmedov force l'amitié. Dès la première seconde de l'entretien, tout en buvant le verre de la bienvenue (une sorte d'Orangina en plus sucré), le voyageur doué de la plus médiocre des intelligences comprend qu'il risquerait gros à devenir son ennemi, ou même à le contredire. M. Akhmedov a le charme immédiat et incontestable des forts. Il n'est pas sans rappeler notre cher acteur disparu Lino Ventura. Des épaules de catcheur, un cou d'haltérophile qui soudain devient une tête, une énorme tête ronde plantée de courts cheveux gris, des mains de boxeur, des yeux noirs rieurs où la menace n'est jamais loin…

Au premier étage de son palais généreusement marbré mais décati, M. Akhmedov dirige la ferme collective de Madaniyat (470 familles ; 2 085 hectares ; les deux tiers pour le coton, le reste pour le blé). Mais il ronge son frein. M. Akhmedov attend la privatisation.

De ses doigts boudinés, il tape sur la table de Formica et joue avec une caméra miniature Sony.

– Le communisme est mauvais pour l'agriculture. Avant, c'était un kolkhoze, ici. Nous avons déjà beaucoup progressé. Il faut continuer, plus vite, plus vite… Se débarrasser de tout ce qui reste du temps des Russes.

Sans doute enhardi par l'Orangina, j'ose m'informer sur ces fameux progrès : quelle différence entre kolkhoze et « ferme collective » ?

La voix de l'interprète chevrote en finissant la question.

M. Akhmedov rugit de plaisir. Pour un peu, il m'embrasserait. Mon ignorance accroît, s'il est possible, sa bonne humeur du matin.

Auparavant, à l'époque russe (maudite soit-elle !), les paysans étaient de vulgaires employés : ils travaillaient par brigade, tâche après tâche, champ après champ. Aucune continuité. Aucune dignité. Aujourd'hui, l'unité de base est la famille. L'administration lui confie des terres pour deux ans. Le contrat sera renouvelé si les objectifs du plan sont remplis.

– Le vrai changement, conclut M. Akhmedov, c'est l'élection. Avant, les directeurs des kolkhozes étaient nommés par le Parti communiste.

Il se renverse sur son siège.

– Moi, j'ai été élu. Élu par les familles.

Suit une longue histoire joyeuse, le récit de sa campagne électorale. Son concurrent était un agronome. *A priori*, M. Akhmedov, petit professeur de géographie à l'école locale, n'avait aucune chance, même si, depuis longtemps, il s'était fait connaître et apprécier. L'affaire se joue le dernier jour, lors d'un affrontement public. Les quatre cent soixante-dix familles sont réunies. L'agronome accuse le géographe de boire.

Notre ami se dresse : « C'est vrai que je bois ! Je bois tous les jours et avec chacun d'entre vous. Je bois sans me cacher. Au contraire de toi, l'agronome ! Qui bois aussi, qui bois autant, mais tout seul. Tu es un buveur qui ment. Notre ferme collective aura toujours un directeur qui boit, puisque nous buvons tous. Mais il ne lui faut pas un buveur menteur ! »

Pour saluer ce haut fait d'éloquence et cette avancée de la démocratie, nous levons et relevons nos verres d'Orangina. Le souvenir de ce triomphe n'égaie pas longtemps M. Akhmedov. L'impatience le reprend :

– Nous avons des paysans privés. On leur loue pour cinquante ans une vingtaine d'hectares. C'est bien ! Il faut continuer, il faut accélérer le mouvement. Une énergie comme la mienne ne peut s'exprimer dans le collectivisme. Regardez.

Il me montre son agenda, griffonné à chaque page de croquis d'architectes.

– J'ai la passion des portes. Celle-ci mesure onze mètres. Elle sera construite l'année prochaine à l'entrée du cimetière. Les filles, l'alcool, rien ne suffit quand on a une telle énergie. Ma femme répète que c'est une maladie. Approchez-vous de la fenêtre. Que pensez-vous de la sculpture, au milieu de l'étang ?

Je ne vois d'abord que l'inscription géante qui domine le parking :

VATANNI

SEVMOQ IYMONDANDIR

(« Il faut aimer sa patrie »)

L'œuvre d'art m'apparaît ensuite, entre les roseaux. Une jeune femme porteuse d'amphore. Elle amorce une ondulation prometteuse. Un cache-cœur vert camoufle mal une poitrine plantureuse et laisse à découvert son ventre.

– Belle, n'est-ce pas ? Je peux vous le dire à vous, un Français, un connaisseur : j'ai pris pour modèle ma dernière maîtresse, Dania, un amour. Toujours mon problème d'énergie. La statue n'est pas finie. J'avais prévu une fontaine. Elle devait couler par deux endroits. Mais j'ai abandonné. L'étang appartient à la ferme collective. Je préfère attendre la privatisation.

Ainsi se passera la journée, en visites aux familles laborieuses qui finissent de récolter le coton et nettoient les rigoles d'irrigation. Avec, toujours, les mêmes confessions déchirantes sur le fameux trop-plein d'énergie.

– Pourtant je lutte, je vous assure, je fais des efforts. Un jour, je vous montrerai mes poèmes. Et vous savez que, le mois prochain, je présente ma thèse de doctorat ?

Je me rengorge. Moi aussi, je suis docteur. Nouvelle occasion de se serrer longuement la main. Vive la France ! Vive l'Ouzbékistan ! Je m'enquiers du sujet de sa thèse. « La culture du coton en milieu salin ». J'applaudis. Vive le coton ! Vive la privatisation !

Je quitte, ravi, mon nouvel ami. Entonnant ma chanson favorite : gloire à la géographie et gloire aux géographes, les géographes sont les meilleurs dirigeants possibles pour le monde à venir !

Madamin, l'interprète, se tait et sourit. Certains sourires, quand ils perdurent, agacent. On les presse de s'expliquer.

– Géographe, M. Akhmedov ? Certainement. Mais il était aussi communiste. Et pas un petit communiste : responsable du Parti pour la ville. Il ne suffit pas d'avouer qu'on boit pour être élu, même chez nous.

Le cadeau de la neige

— Montons au troisième étage, dit M. Akhmedov. Il faut de la hauteur pour comprendre une ferme. Alors, ça vous plaît, l'Ouzbékistan ?

On aurait dit un arbre au milieu des champs, un arbre couché, un arbre d'eau. Avec un canal à la place du tronc. Et, au lieu de branches, des rigoles qui se divisent et se subdivisent, de plus en plus fines...

— Chez vous, l'eau tombe : c'est la pluie. Chez nous, elle coule : c'est le cadeau des montagnes. Sans la neige, pas d'Ouzbékistan. Maintenant, redescendons. Vous allez voir le travail.

Rien de plus plat qu'un champ ouzbek. L'eau n'aime que l'horizontal : à la moindre pente, elle s'accumule dans un coin et laisse le reste à découvert.

Les paysans doivent naître avec des nivelles dans la tête. Rien de plus égrené qu'un champ ouzbek. « Un sarclage vaut deux arrosages », dit la maxime du bon jardinage. Les fermiers l'appliquent à la lettre. Plus le grain du sol est fin, moins l'eau disparaîtra vite dans les profondeurs.

Et rien de plus gourmand d'eau que le coton ouzbek.

– Notre sol est salé, il faut d'abord le laver. Deux fois. Puis on abreuve la plante. Quatre fois. C'est pour cela que notre coton est le meilleur du monde : de la plantation à l'ouverture de la fleur, il n'a jamais eu soif. Une croissance sans aucun stress, comme celle d'un enfant dans un pays en paix, dans une famille unie.

M. Akhmedov philosophe, M. Akhmedov s'amuse. Il sait bien qu'en bon petit écologiste occidental je vais lui poser la question qui fâche. Mais qu'est-ce qui peut fâcher M. Akhmedov ? Il traîne, prend son temps, me décrit par le menu « le parfait étagement des florai-sons », « l'exceptionnelle ductilité de la fibre », autant de performances du coton ouzbek universellement reconnues et, comme elles le méritent, acclamées.

Et, soudain, dans un éclat de rire, il lance le chiffre : dix mille mètres cubes.

– Par hectare ?

– Par hectare. Dix, parfois douze !

Je tente de me représenter la masse : un cube d'eau d'un mètre de côté posé sur chaque mètre carré de terre. Ou, sur tout le champ, une couche d'eau uniforme d'un mètre de haut.

M. Akhmedov me raconte la visite des experts de la Banque mondiale.

– Ils sont venus l'année dernière. Ils voulaient nous imposer de faire payer l'eau aux paysans.

Je montre, devant la ferme, un robinet ouvert.

– Pour une fois, on ne peut donner tort à la Banque. Pas de meilleur moyen pour économiser que de faire payer.

– Pas de meilleur moyen non plus pour déclencher une révolution. Vous, le Français, vous aimez les révolutions ?

Cette fois, j'ai réussi à fâcher M. Akhmedov. Il gronde.

– Nous n'avons pas de leçons à recevoir ! Notre eau est à nous. Un jour, s'il le faut, nous changerons de système. J'ai été en Israël. J'ai vu la technique du goutte-à-goutte. Je suis très ami avec Israël.

Et, prétextant un rendez-vous urgent avec le *hokim*, le tout-puissant préfet de région, il nous plante au milieu des champs.

Des paysans nous font signe. Ils se sont installés pour déjeuner sur une plate-forme de bois jetée en travers d'un canal. Les feuilles d'un très vieux mûrier les protègent du soleil. Ils nous tendent le pain rond, des brochettes. À ma connaissance, personne au monde n'est plus doux et plus généreux qu'un paysan ouzbek.

Bientôt, Madamin s'endort. Privé de mon interprète, je ne comprends pas ce qu'on me dit. On se regarde. On se sourit. On hoche la tête. Dans cette oasis minuscule, le temps s'est arrêté. Il y a mille ans, des voyageurs venus de Chine avec de la soie et des épices accrochées à la selle de leurs chevaux ou aux flancs de leurs chameaux ont partagé le même repas avec des paysans semblables. J'entends l'eau bruire sous le bois. À mon tour, je ferme les yeux. Il me semble flotter sur la neige de l'Himalaya.

Petite leçon introductive
sur la circulation de l'argent
en Asie centrale

Bon an, mal an, l'Ouzbékistan produit un million de tonnes de fibre. L'État s'occupe de tout. C'est lui qui achète, à faible prix, tout le coton aux paysans. C'est lui qui le revend, deux à trois fois plus cher, sur le marché mondial.

Qui profite de la manne ?

D'abord le budget national. Dans un pays où l'impôt ne rentre pas (où les autorités ne prennent aucune mesure pour faire vraiment rentrer l'impôt), la vente du coton est la première des ressources, sans doute quarante pour cent des recettes publiques. C'est la raison pour laquelle l'administration n'admet aucune défaillance dans les plans de production : il y va de sa survie. C'est aussi pourquoi la corruption est (peut-être) moins (un peu moins) présente dans ce secteur qu'en d'autres. La nécessité (d'un minimum de liquidités) vaut (semblant de) morale.

Mais l'opacité, comme chacun sait, étant mère de tous les vices, et l'opacité virant à la nuit noire dans les hautes sphères de Tachkent, un tel pactole doit faire bien des heureux. Alors, quelle part de cet or blanc recueille celui qui l'a produit, l'homme le plus éloigné des cimes, le paysan ?

Avant de répondre, une digression s'impose, une promenade dans le système bancaire ouzbek. Lequel a pour obligation première et permanente de répondre aux ordres de l'administration. Telle ou telle institution publique (ministère ou… présidence) se trouve-t-elle soudain confrontée à un besoin urgent de financement ? Un coup de téléphone comminatoire est passé au responsable de tel ou tel établissement bancaire : « Dans les deux heures, la somme de … nous sera transférée. » Sous peine de révocation (en attendant pire), le responsable s'exécute. Si bien que le client de ladite banque trouve guichet clos lorsqu'il vient demander tout ou partie de son dépôt. Dommage pour vous, mais nos caisses sont vides.

On comprend pourquoi les Ouzbeks préfèrent garder chez eux leurs avoirs. Et pourquoi une fiscalité a tant de mal à se mettre en place : la plupart des transactions s'effectuent en liquide. Pour acheter un appartement, on arrive avec une malle pleine de billets. Opérations rendues d'autant plus malaisées que la monnaie locale, le soum, n'a guère de valeur : un seul petit dollar vaut à peu près mille deux cents soums…

Revenons au coton.

S'il l'achète à bas prix aux paysans, l'État s'oblige à verser la somme sur un compte à l'unique banque agricole nommée Asaka. Malheureux patron de l'Asaka ! Pas plus que ses confrères, il ne peut refuser les réquisitions officielles (nationales ou régionales). Ces « emprunts » ont vite fait de vider les comptes. Alors les paysans attendent des mois, parfois des années, avant d'être réglés.

Pour accepter sans révolte de telles malversations, il faut être ouzbek, c'est-à-dire doté du plus accommodant des caractères, habitué depuis la nuit des temps à tout subir des puissants.

Le pays de l'attente

Que celui qui ne supporte pas d'attendre n'entre-prenne jamais aucun voyage. Tout voyage explore les pays du temps aussi bien que ceux de l'espace.

Une typologie exhaustive de l'attente du voyageur mériterait d'être tentée. Pour apporter ma pierre au grand œuvre, je suggère une première distinction entre :

1. *L'attente silencieuse*. Le train prévu, ou le car, ou la voiture, ou le bateau, n'est pas là. Et personne n'est capable, ou désireux, de vous apporter la moindre information. On vous regarde du coin de l'œil. On sou-rit, sans doute de vous. Et le temps, ne passant pas, s'éternise. Ce type d'attente est, avouons-le, de qualité médiocre et peut mener à certains désordres progres-sifs de l'humeur (agacement, énervement, exaspéra-tion, colère).

2. *L'attente parlée*. À intervalles réguliers (ou irrégu-liers), quelqu'un vous explique la raison de l'attente. Cette raison est aussi une excuse. Et c'est pour cela que l'attente dite « parlée » se révèle si souvent déli-cieuse. Si certaines excuses sont affligeantes de bana-lité (un parent malade, un ennui mécanique), d'autres

réjouissent par leur inventivité. Ainsi ce matin-là, 21 octobre, dans la bonne ville de Boukhara. Le chauffeur devant me conduire vers Khiva faisait appeler d'heure en heure. Pardon, M. 'Rsenna, je me suis trompé d'huile. Pardon, M. 'Rsenna, un fournisseur sans foi m'a rempli le réservoir de mauvaise essence. Ce n'est pas ma faute, M. 'Rsenna, c'est le ramadan, le ramadan aime la prière, la prière est immobile, le ramadan n'aime pas les voyages…

Qui osera protester à grand bruit contre le ramadan ? Qui osera réclamer la moindre vitesse sur cette route de la soie où le seul trajet Samarkand-Boukhara prenait naguère une semaine aux caravanes de commerçants ?

Le *hokim* et les *toys*

L'Ouzbékistan est divisé en régions. À la tête de chacune, un *hokim*. Nommé par le président Karimov, il ne dépend que de lui. Il le sert aveuglément. Et, fort de cette servitude, il peut, dans sa circonscription, gouverner en dictateur. Rien n'est possible sans l'autorisation du *hokim*. Et toute autorisation du *hokim* se monnaie. Généralement, le coton échappe à ses prédations : on ne plaisante pas avec l'or blanc sans lequel le pays se meurt.

Si le *hokim* est le pivot de chaque région, le *toy* est le métier à tisser les liens sociaux. Le mot *toy* signifie « mariage ». Mais nos échanges de consentements, applaudis par quelques intimes, n'ont que peu de rapports avec un *toy* d'Asie centrale.

Pitniak est une petite localité où les Soviétiques avaient bâti une usine immense. Ils prévoyaient d'y fabriquer des hélicoptères. L'histoire en a décidé autrement. On a reconverti les installations pour produire des tracteurs.

Nous sommes au cœur du Khorezm, riche région agricole. C'est là que jadis vivaient les Scythes, ces redoutables cavaliers-archers. Aujourd'hui, c'est une charmante mosaïque de petits champs. L'irrigation est assurée par le grand barrage Tuyamuyun (*tuyamuyun* veut dire « chameau » ; un chameau a des bosses et des creux, n'est-ce pas ? des hauts et des bas, comme les eaux de l'Amou-Daria selon les saisons).

Je dîne chez un paysan privé et riche (trente hectares). Arrive son cousin, lui aussi paysan privé mais pauvre (il ne cultive qu'un verger de deux hectares et qui va m'acheter mes pommes ? Tout le monde ici a un pommier dans son jardin). Avec chaleur, le paysan privé pauvre m'invite au mariage de son fils, vendredi prochain. Il le prépare depuis un an. Il économise depuis vingt ans. « Heureusement que toute ma famille participe. Quel dommage que vous manquiez ça ! Vous avez vu la cour où maintenant sèche le riz ? Six cents personnes y déjeuneront. Et nous aurons cinq orchestres. Les Ouzbeks aiment beaucoup la musique. Et quand on aime la musique, on n'aime pas qu'elle s'arrête… »

Le mariage reste l'affaire des parents. Ils enquêtent sur les familles. Ils rêvent d'alliances économiques, d'agrandissements de propriétés. Leur choix arrêté, ils présentent les jeunes, qui peuvent refuser. Mais, généralement, la docilité l'emporte. L'organisation du *toy* commence. Un homme puissant invitera dix mille personnes. Puisque vous avez invité, vous serez invité. Ainsi passera votre vie de *toy* en *toy* au cours desquels vous aurez eu tout loisir de nouer les contacts les plus utiles. Ainsi, grâce à cette « famille » sans cesse élargie et toujours revivifiée, une famille dont la solidarité ne vous fera jamais défaut, vous supporterez moins difficilement les deuils, les maladies, les catastrophes climatiques… et les mauvaises manières du *hokim*.

Igor Vitaliévitch Savitsky

Gloire aux monomanies !

Qu'elles soient sexuelles, philatéliques ou autres, elles vous conduisent en des lieux improbables, à la rencontre de personnalités souvent bouleversantes.

Ma folie cotonnière n'échappe pas à la règle. Je lui dois des émerveillements.

Hormis la passion du *Gossypium*, quelle force aurait pu m'arracher de Khiva, la « perle des oasis », pour me conduire à cette horreur de ville qu'on appelle Noukous ? Au milieu du désert, un concentré d'urbanisme soviétique, ce cocktail inimitable d'avenues démesurées, d'immeubles délabrés, de parcs vides que surplombe une grande roue immobile, d'esplanades infinies plantées de sculptures héroïques…

Les alentours sont pires.

Car Noukous a reçu pour mission de fournir à tout le sable de la région toute l'eau qu'il réclame pour faire pousser du coton.

La visite des réseaux d'irrigation dont Noukous est la tête vous convainc qu'il ne fait pas bon être fleuve

en Asie centrale. Pauvre Amou-Daria ! S'il connaissait
le destin qui l'attendait dans la plaine, mettrait-il tant
d'enthousiasme à dévaler de son Pamir natal ? Vers
Boukhara, on use de lui, déjà on le dérive, on l'aspire.
Mais, ici, il est barré, détourné, déporté, morcelé, écar-
telé, muselé puis libéré, de nouveau divisé, humilié,
asservi… tout au long d'ouvrages d'une ampleur (et
d'une intelligence) vertigineuse. Pour un meilleur spectacle, on escaladera l'un ou l'autre des amas rocheux
qui surplombent le site. Sur certains, les zélateurs de
Zoroastre avaient bâti de larges tours pour célébrer le
feu du ciel. Nos yeux à nous ne s'intéressent qu'à la
vallée. Ils y voient, creusée dans le sol à perte de vue,
une ambition géante : vaincre le désert. Redescendant
de ces hauteurs, on commence à se demander si, parfois, le coton ne rend pas fou.

Imaginez, au soir tombant, le retour à Noukous.
Imaginez la longue quête d'un restaurant. Un passant hâtif vous signale un certain « Club Sheraton ».
À ladite adresse, la porte est close. Mais je finis par
remarquer, vissé de guingois sur le chambranle, un
bouton blanc qui serait peut-être sonnette. On vient. La
pénombre ambiante semble indiquer qu'il va très vite
s'agir d'amour ; en coulisses, des hôtesses se préparent,
vive la France ! Pas du tout. On ne fait que manger.
Deux plats possibles : spaghetti ou bœuf Strogonoff. À
l'aveugle ou presque.

Et, soudain, venue d'une table voisine, une histoire.
En un anglais chaotique, un Ouzbek raconte à une touriste rescapée des années 1970 (blouse à fleurs, cheveux tressés) la vie d'Igor Vitalïévitch Savitsky.

Il était une fois, dans les années 1920 et 1930, un jeune Moscovite, archéologue de métier et peintre. 1941, la guerre éclate. Une mauvaise santé lui permet d'éviter le front. Il arrive à Samarkand. La lumière d'Ouzbékistan prend possession de lui (n'oubliez pas qu'il est peintre). Il a trouvé sa demeure. Peu après commence sa mission. À Moscou règne sur la culture un certain Andreï Alexandrovitch Jdanov. Il a inventé le « réalisme socialiste ». L'artiste doit abandonner son individualisme petit-bourgeois pour apporter lui aussi sa pierre à la Révolution, c'est-à-dire *créer pour le peuple*. Celles et ceux qui refusent ce dogme sont condamnés à la clandestinité (c'est-à-dire à la misère) et souvent persécutés. L'idée d'Igor Vitalïévitch est d'accueillir leurs œuvres maudites en Asie centrale. La distance les protégera. Moscou est si loin.

Pendant trente ans, Igor Vitalïévitch Savitsky cherche. Il se rend dans des appartements sordides, des banlieues désolées, des villages oubliés. Il rencontre les artistes ou leurs veuves. Il explique son projet. On lui ouvre des appentis, des placards. On lui confie les œuvres. En 1966, on finit par le nommer directeur du musée de cette ville, Noukous. Les rebelles ont leur maison.

Igor Vitalïévitch Savitsky est mort en 1984. Outre les objets archéologiques ou folkloriques, il avait, tout au long de sa vie, rassemblé 7 452 peintures, 25 223 dessins et 1 322 sculptures.

La jeune femme à fleurs applaudit.

Et moi, en mon for intérieur, je présente mes excuses à Noukous. Cette horreur avait été pour l'art le seul refuge possible.

*
* *

La directrice actuelle porte le joli nom de Marinika Baborazarova. Elle a bien du mal avec ses accrochages. Comment choisir parmi tant de merveilles ? Quelques-uns des trésors montent au troisième étage, séjournent quelque temps contre un mur, rencontrent le public puis redescendent dans les caves. Remplacés par d'autres. Chacun son tour.

Au jour de ma visite, d'admirables toiles cubistes de Popova étaient présentes (datées de 1916, 1917…), et aussi les aplats très colorés d'Oufimstev (si voisin de Matisse) et Chevchtenko et Tarasov et Sardan et Chigolev. Marinika me raconte que les responsables de tous les plus grands musées font le voyage de Noukous, tous avec d'alléchantes propositions financières. Mais elle ne cédera rien. Pourtant, les moyens lui manquent : les tableaux de Popova sont suspendus à des tringles avec de la ficelle blanche.

Au fond, un taureau vous regarde. Deux yeux ronds noirs. Des cornes si gracieuses qu'on dirait d'antilope. Il rue. Il va charger. Le fond est bleu. L'auteur s'appelle Lyssenko et, dactylographiées sur une fiche de mauvais papier collée en bas à droite, deux informations biographiques vous serrent le cœur. La première concerne ses nombreux séjours en hôpital psychiatrique pour « dérèglements des relations avec la réalité ». La seconde est un point d'interrogation. Lyssenko est né en 1903. Rien à voir, bien sûr, avec l'autre Lyssenko, botaniste, théoricien stalinien de l'hérédité des caractères acquis. Lyssenko a peint son chef-d'œuvre de taureau l'année de ses vingt ans. La date de sa mort n'est pas connue.

Feu la mer d'Aral

La route monte droit vers le nord et d'abord rien ne change. Le coton succède au coton. Dans les champs, les femmes et les enfants récoltent. Les hommes sont occupés à d'autres tâches. Ils aplanissent d'autres parcelles, ils creusent les rigoles, ils réparent les digues : ils préparent la terre pour l'arrivée de l'eau. Une eau jamais loin, car les canaux sont partout. Des canaux de toutes tailles, de la rigole au quasi-fleuve. Certains canaux, parfois, enjambent d'autres canaux. De temps à autre, des carrés verts montrent que le blé a réussi à se frayer une place dans ce pays du coton, et commence à pousser.

Soudain, des HLM surgissent, des usines géantes et abandonnées, des monuments grandioses au centre des ronds-points autour desquels court une forte maxime du président Karimov : « Il faut aimer sa patrie plus que soi-même », « Le présent construit l'avenir ». Nous voici à Kungrad.

Les Karakalpaks (les « hommes aux chapeaux noirs ») étaient des nomades éleveurs. Leur mouvement perpétuel déplaisait à Staline qui, pour les sédentariser, décida de bâtir ces cités sinistres : Noukous,

Kungrad. Les Karakalpaks détestent le travail ouvrier, haïssent la culture du coton. Ils se sont pliés aux ordres, ils n'avaient pas le choix. Mais sur leur passion, les troupeaux, ils n'ont jamais cédé. Alors des vaches, des chèvres, des chameaux, même, habitent chacune des maisons basses de la ville et se promènent où bon leur semble, dans la sympathie générale. Ce grand désordre animalier (et cette forte odeur de bouse) donne à Kungrad un certain charme, insuffisant toutefois pour ne pas frissonner à l'idée que quelque tracas mécanique ou bureaucratique vous contraigne à demeurer dans la localité un quart d'heure supplémentaire.

Cette fois, le coton a fini par renoncer. Quelques fermes collectives, çà et là, s'acharnent encore à étendre le front blanc. Mais sans trop y croire, juste pour garder l'esprit pionnier. Nous entrons dans le royaume du jaune. Le jaune pâle des roseaux et l'or vif de petits arbres, sans doute cousins de nos *Ginkgo biloba*. Le soleil rase et le ciel s'assombrit comme pour mieux donner sa chance aux couleurs. Des bêtes brunes paissent au loin sur quelques monticules, accompagnées de toutes petites silhouettes. Chers hommes aux chapeaux noirs, ici, enfin, l'administration vous laisse tranquilles.

J'ai vu depuis quelques jours tant de violences sur les hommes et sur les paysages… Une telle quiétude emplit le cœur. Un sentiment vaste et chaud s'empare de vous, qu'il faut bien appeler la confiance.

Imbécile que je suis ! Je marchais sur un cimetière.

*
* *

Mouniak.

Une ligne plus claire, au bout du marais.

– Mouniak signifie « cou blanc » en ouzbek russe, dit Madamin.

Il n'est venu qu'une seule fois, il y a trente ans, invité pour un mariage. Il n'était qu'un enfant. Il garde des souvenirs, mais ne veut pas me les confier. Il m'affirme que les souvenirs, surtout les souvenirs heureux, sont mauvais pour la vue.

À l'entrée de la ville, présentation des passeports. Comme d'habitude.

– Vous venez pour la mer, dit le policier.

Ce n'est pas une question.

Un peu plus loin, devant le buste argenté du poète Berdak, le Victor Hugo des Karakalpaks, un homme se tient, massif, dans l'attente d'on ne sait quoi. Il porte la traditionnelle casquette de cuir noir et un pardessus molletonné vert. Peut-être connaît-il un hôtel ?

– Je vais vous conduire à la mer.

Il ouvre la portière et, d'autorité, s'installe.

– Tout droit.

La poste est haute (trois étages), comme la banque ou le tout nouveau collège bleu et blanc. Le reste est bas, un peuple de très humbles maisons blanches. On dirait qu'elles ont peur. Elles se sont enfouies à demi dans le sable, sans doute à cause de la guerre. Quelle catastrophe autre qu'une guerre pourrait expliquer ces terrains vagues parsemés de gravats et de machines déchiquetées, cette ancienne conserverie éventrée, cette centrale ouverte comme par un obus ? Depuis mon arrivée à Tachkent, j'ai eu tout loisir de me faire un vrai savoir en matière d'usines désertées. Celles-ci ont subi plus que l'abandon, plus que des violences : de la rage. En les détruisant, on ne s'est pas seulement servi en pièces revendables, on a voulu se venger et hâter la décrépitude. On a voulu hâter le temps qui ne va pas assez vite pour tuer.

Dernières constructions. Le village arrive à sa fin. Nous continuons. La route s'élève.

– Stop !

L'ami du poète Berdak est sorti brutalement de son silence. Il nous montre un monument, une flèche blanche plantée dans le sol.

– Sortez. Le soleil s'en va. Il faut faire vite, si vous voulez voir la mer.

C'est un monument dédié aux héros de la guerre. Une inscription court le long du socle :

> OTALAR JASORATI FARZANDLAR MEROSI
> 1941-1945
> (« L'héroïsme des parents,
> c'est l'héritage des enfants »)

Cette noble devise n'intéresse pas notre ami, pas plus que, gravés sur le marbre, les noms des enfants de Mouniak partis au loin se battre contre les nazis et jamais revenus.

C'est la mer et elle seule qu'il veut nous montrer. Il nous prend par le bras. Il nous secoue sans tendresse.

– Regardez ! Regardez !

*
* *

On se sent toujours honteux de ne pas pleurer sur les tombes ou de ne pas rire aux mariages, coupable de ne pas éprouver comme on aurait dû ni autant.

Le début de la pénombre masquant les détails, l'œil depuis le promontoire ne voit que du sable, du sable, rien que du sable à perte de vue.

N'importe quel Breton, de Cancale à Tréguier, connaît ces étendues vides, nommées l'estran, et ne s'en émeut guère. La mer est descendue. Ça veut dire qu'elle remontera. Malgré moi et contre toute raison, je me sens d'abord furieux d'avoir fait tout ce chemin pour si peu, une simple marée basse.

Mes compagnons m'ont laissé pour aller chercher l'« hôtel ». Je reste seul. Et c'est alors que l'angoisse m'a pris. Une fois, dix fois, j'ai consulté ma montre. Une fois, dix fois, j'ai scruté cent quatre-vingts degrés d'horizon. Rien ne bougeait, rien n'avançait.

Aucune de ces barres grises ou bleues dont j'avais l'habitude. La mer, au loin, qui s'apprêtait à revenir.

Il me semble bien que j'ai appelé. Et protesté. Que je n'ai pas voulu y croire ; la mer représente tant pour moi.

Un souvenir m'est venu. Quand avais-je ainsi appelé, protesté, refusé d'y croire ? J'ai fini par comprendre : de nouveau je me trouvais face à la mort. Face à une femme que j'aimais et qui venait de mourir.

*
* *

D'ordinaire, les crépuscules sont tristes : les lieux et les choses regrettent d'être quittés par la lumière.

À Mouniak, j'ai ressenti l'inverse, un soulagement. La nuit qui tombait allait enfin cacher ce qu'on n'en pouvait plus de voir. Quelque chose me disait qu'ici on espérait l'obscurité, et qu'elle soit le plus noir possible, comme certains soirs on se remonte la couette jusqu'au-delà des yeux pour en finir après une très mauvaise journée.

C'est un enfant qui nous fit visiter l'hôtel. Sa lampe de poche montrait des chambres occupées, lits et valises ouverts, caleçons et chaussettes jonchant le sol, casseroles sales posées sur des réchauds.

– Pas de problème, ce sont les ouvriers du gaz, ils ne reviennent que demain matin.

Je l'avais remarquée, la plate-forme. Son fanal brûlait comme une grosse bougie fumeuse. J'avais eu pitié d'elle. Une plate-forme digne de ce nom doit surplomber l'océan, si possible déchaîné ; pas un champ de roseaux.

– Ma mère a d'autres draps, si vous voulez.

Nous avons remercié, erré, fini par échouer à la « résidence », une cabane glaciale réservée aux « experts ». Depuis que la mer n'est plus là, des experts en catastrophes se relaient pour venir expertiser. Il est vrai qu'au palmarès des catastrophes, la disparition de la mer d'Aral occupe une place de choix.

Catastrophe écologique : extinction de dizaines d'espèces, stérilisation de milliers d'hectares du fait des sels toxiques transportés par le vent. Catastrophe économique : pêcheries et conserveries fermées, chômage massif. Catastrophe médicale : cancers (de la gorge, de la thyroïde), hépatites, affections respiratoires, intestinales. Catastrophe météorologique : climat régional de plus en plus chaud, de plus en plus sec…

Comme la compagnie O'ZBEKISTON HAVO YO'ILARI une semaine auparavant, mon voyage avait décidé de frapper un grand coup pédagogique : puisque j'enquêtais sur le coton, je ne devais plus ignorer les conséquences du coton. Et puisqu'on n'enquête pas sans aimer, moi, l'ami du coton, je ne pouvais que me sentir personnellement coupable de toutes ces catastrophes.

La nuit ne s'annonçait pas facile.

Vers une heure du matin, alors que notre cabane commençait à tiédir grâce à l'action vaillante et fraternelle d'un faux tas de charbon (électrique), des coups violents retentirent à la porte d'entrée. Deux garçons et une fille, des bouteilles à la main, venaient faire la fête. Comment passer le temps à Mouniak quand on n'est pas expert ?

« Expert en disparition marine », je ne le suis pas devenu en quelques heures. Mais, tenu éveillé par la gymnastique affectueuse de mes voisins, j'ai eu loisir d'apprendre quelques chiffres. En trente ans, la mer d'Aral s'est réduite de moitié (de soixante-sept mille à trente-trois mille kilomètres carrés) ; la salinité des eaux qui restent a triplé ; vingt-quatre espèces de poissons ont disparu et cent cinquante d'oiseaux… Avouerai-je que l'activité forcenée déployée dans la chambre d'à côté m'a soutenu le moral durant ma sinistre lecture ?

*

* *

Le lendemain matin, une gelée blanche couvrait le sol. Et devant la porte de la « résidence », immobiles, reniflés par les chiens qui devaient trouver leur présence suspecte, un pardessus molletonné vert et une casquette de cuir noir attendaient. L'ami du poète Berdak voulait nous montrer autre chose. Mais, pour des raisons connues d'elle seule, la voiture refusait de démarrer. Des hommes passaient par petits groupes, grosses bottes, filets et cannes sur l'épaule. Déjà j'interrogeais Molleton vert :

– Ces pêcheurs… alors que la mer… vous avez beaucoup de malades mentaux à Mouniak ?

– Qu'allez-vous penser ? Nous avons surtout un petit lac, à deux kilomètres. Ils vont nous aider à pousser.

*
* *

Aux temps heureux, elles avaient la plus belle place, à l'extrémité de la langue de terre : plages et mer des deux côtés. Quatre villas réservées aux vacances des travailleurs les plus méritants de l'Union soviétique.

– Un jour, des militaires sont arrivés, dans deux camions, avec un bulldozer. Ils nous ont éloignés pour qu'on ne voie pas. On a vu le lendemain. Les militaires et le bulldozer avaient bien travaillé. Ne subsistaient que le béton armé des poteaux d'angle et ses tiges de fer rouillées, tordues. Tout le reste avait été broyé.

Molleton vert arpentait les ruines.

– Qu'ils ferment les villas, je comprends, puisque la mer n'est plus là. Il faut que la mer soit là pour un vrai repos. Mais pourquoi tout casser comme ça ?

Molleton vert nous a laissés repartir sans lui. Il préférait demeurer en compagnie des travailleurs militants. Peut-être, dans sa jeunesse à Mouniak, avait-il rêvé de devenir, lui aussi, « travailleur méritant de l'Union soviétique » pour être invité dans l'une des quatre villas ?

Parmi les gravats, j'ai ramassé deux morceaux de céramique, l'un jaune, l'autre vert. D'après ce que je crois deviner, ils faisaient partie d'un motif qui égayait les façades. Le Parti avait pensé à tout pour ses enfants chéris. Maintenant, ces tessons me tiennent compagnie sur mon bureau. Ils me rappellent l'Union soviétique et les jours heureux de la mer d'Aral.

*
* *

Avais-je rêvé ou bien réfléchi ?

Il me souvint, à un moment de la nuit, d'avoir aperçu des montres.

Ce qu'on voit à Mouniak, c'est, au-delà d'un bouleversement de l'espace, un dérèglement du temps. Comme il en va pour toute chose, il est dans la nature des mers d'apparaître et de disparaître. De ces mouvements qui prennent des siècles ou des millénaires, nous, trop brefs spectateurs, du fait de nos vies trop courtes, ne voyons qu'un fragment.

Ici, puisqu'il s'est accéléré, nous assistons à l'entièreté du film.

Et voici qu'en ce matin ouzbek, sans doute pour me racheter de mes coupables sympathies cotonnières, l'idée me vint de faire de feu la mer d'Aral un parc d'enseignement.

Apprenons-y les conséquences d'une accélération par l'homme des horloges de la Terre.

*
* *

Je suis revenu au centre de la ville par le fond de la mer, marchant entre les arbustes comme s'il s'agissait d'algues. Une dizaine de bateaux s'étaient fait piéger par la descente des eaux. Ils reposaient sur le sable comme de gros jouets tristes. À l'aide d'une scie à métaux, un homme découpait le château de l'un d'eux, un joli petit caboteur à grosse cheminée ronde. Sur sa poupe, malgré la rouille, on pouvait encore lire son nom glorieux : *Karakalpakie*.

Mouniak s'animait. On oublie les jours, en voyage. C'était dimanche. De chaque maison sortaient les familles. Et à pied, en voiture ou sur de très vieux side-cars, elles se dirigeaient vers l'ouest. Je ne les avais pas remarquées, la veille : des pancartes, accrochées aux pylônes électriques, prodiguaient à la population des sentences ou des conseils utiles, joliment illustrés :

« Si tu travailles, les bons résultats viendront. »

« Si tu fais du sport, ta vie sera meilleure. »

« Si l'enfant est content, la maman est heureuse. »

Les deux dernières maximes montraient, s'il en était besoin, l'infini culot des autorités :

« L'année 2005 sera l'année de la santé. »
« L'eau est la base de la prospérité. »

L'eau, c'était justement le but de la promenade. Le petit lac. Tout ce qui reste de feu la mer d'Aral.

Il paraît que, chaque jour férié, tout Mouniak se donne rendez-vous là. Les mères regardent les enfants qui regardent les papas pêcher. D'où vient, de quelle sagesse ou de quel désespoir, cette capacité des peuples de l'Asie centrale à puiser n'importe où du bonheur ?

Géopolitique

La rumeur veut – et ne sera jamais contredite – qu'un jour de l'année 2001 un émissaire indien ait pénétré dans le bureau du ministre ouzbek des Affaires commerciales. Deux assistants le suivaient, porteurs de valises. Une fois celles-ci déposées sur le tapis précieux et les assistants discrètement en allés, on raconte que l'Indien aurait proposé à l'Ouzbek de tout acheter, l'entièreté de la récolte :

– L'industrie textile de mon pays a de gros besoins de coton.

Et, montrant les valises :

– Nous avons préféré apporter aujourd'hui la somme complète pour qu'il n'y ait aucun malentendu sur la sincérité de nos intentions.

Tachkent se garda d'accéder à cette demande. Pourquoi se lier ainsi les mains alors que presque tous les pays voisins possèdent eux aussi une industrie textile très avide de fibres ? L'Ouzbékistan use au mieux de son or blanc. Pour ses propres usines, gérées par les Turcs, il ne conserve qu'une faible part de sa production (moins de vingt pour cent). Le reste, c'est-à-dire huit cent mille tonnes, est partagé entre l'Inde, le Pakistan et la Chine.

Une Bourse vient d'ouvrir, sans doute pour complaire aux institutions internationales amies du libéralisme. Il est à prévoir qu'elle ne traitera longtemps qu'une part négligeable des échanges.

Le coton n'est pas le pétrole. Mais permet d'exister bel et bien dans le jeu des nations.

VI

CHINE

Un capitalisme communiste

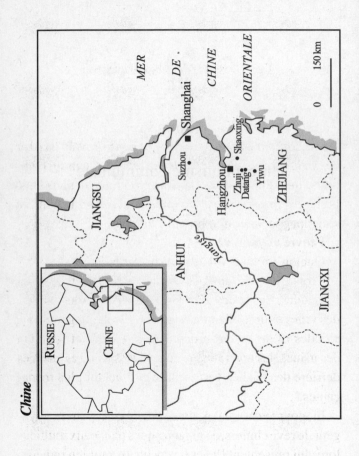

Chine

Les blessures de la campagne

Au sortir de Shanghai, le voyageur croyait trouver des rizières ponctuées d'aigrettes, des bosquets de bambous, quelques buffles, au loin, tirés par des enfants, bref, ces paysages qu'on appelle communément la « campagne » et qui reposent l'âme.

Pauvre voyageur !

Quelqu'un lui a volé son Asie éternelle.

Trois cents kilomètres durant, des chantiers vont l'accabler, des grues, des tours, des ponts, des usines, des villes entières flambant neuves, des échangeurs, des rocades et de nouveau des usines, encore et toujours des usines, les unes à peine achevées, les autres cachées derrière des bâches vert sombre et d'autant plus menaçantes.

Et, pour le cas où il n'aurait pas deviné, pauvre voyageur, le rêve chinois, de gigantesques panneaux multicolores lui présentent l'avenir proche, ô combien radieux. Ici une marina lacustre, *The Splendid City*. Là un parc de loisirs, *A Paradise for Children*. Les idéogrammes auraient suffi. Pourquoi ces traductions anglaises sinon pour planter le clou de l'humiliation sur la tête de l'étranger que le décalage horaire, déjà, chamboule ?

Ajoutez, sur la quatre-voies (autoroute à venir), des comportements aussi suicidaires qu'erratiques. On vous double, sans prévenir, de partout, les camions d'autant plus volontiers sur la droite qu'ils roulent à plus vive allure, imités en cela par d'étranges autobus à impériale qui ne paraissent emplis que de téléviseurs allumés : il semblerait que des travailleurs y sommeillent, entre deux missions, allongés sur des lits de camp. Des essaims de motos et de triporteurs vous escortent en permanence. Et soudain (souvent) surgit de nulle part un bulldozer, crocs levés.

*
* *

Pauvre « campagne » obligée, pour tenter de survivre, de se réfugier sur les pentes escarpées.

En plaine, elle est torturée de toutes les manières possibles. Dévorée par mille villes nouvelles. Creusée de mille milliers de bassins (pour les élevages de poissons). Percée de mille milliers de pylônes (support des incontournables panneaux publicitaires). Étouffée par une mer grise et sale : les toits des serres, des étendues infinies de plastique (il faut bien accélérer la pousse des légumes pour nourrir tant d'humains). Et j'allais oublier la pire blessure faite à la campagne, la pire humiliation : ces milliers et milliers d'hectares de pépinières.

Dieu sait que j'aime nos pépinières à nous, réserves de trésors fragiles, hauts lieux d'émerveillements, où l'on célèbre, comme nulle part ailleurs, la diversité du vivant. Rien de tel ici. De la culture de masse, de la production en série… Alignés de chaque côté de l'autoroute et soignés avec amour par un petit peuple dont on ne voit que les larges chapeaux pointus, ces milliards de platanes, de conifères ou de palmiers, bébés, adolescents ou presque adultes. Déjà des pelleteuses s'apprêtent à les transporter jusqu'à leur futur domicile.

Quelle est la destination de ces arbres de pépinières ? Un trou dans un trottoir, quelque part dans quelque ville.

Le gigantisme de ces pépinières, croissant au même rythme que les usines et les villes, fait réfléchir au mode chinois de développement. Elles indiquent un besoin de nature que le progrès économique n'a pas tué. Besoin confirmé par le soin méticuleux avec lequel ces arbres sont replantés : échafaudages de bambous pour les aider à résister aux violences du vent ; bâches sombres pour leur éviter les trop brûlants rayonnements du soleil ; corde enroulée autour du tronc pour les protéger de toutes les autres agressions prévisibles, climatiques ou animales.

Ces pépinières reflètent aussi la hâte d'entrer au plus vite dans le futur. Qu'est-ce que le futur ? Un pays dans lequel les arbres sont déjà grands.

*
* *

Comment ne pas penser à d'autres pépinières, ô combien chinoises elles aussi ?

Au fond de tous les grands jardins historiques de Suzhou, le *jardin du Politicien retiré* (appelé aussi *jardin de la Politique des simples*) ou le *jardin Liu* (du nom de l'un des propriétaires, mais le caractère *Liu* veut dire aussi « attardez-vous »), après avoir salué le jeu des carpes entre les tiges de lotus, longé les murs-nuages et franchi des ponts-arcs-en-ciel, escaladé la reproduction miniature des monts légendaires, rêvé longtemps dans le pavillon des canards mandarins ou dans le kiosque des parfums lointains, il suffit de franchir une ultime porte ronde (soyons plus précis : « une porte dont la forme parfaite célèbre la pleine lune »). On pénètre alors dans un lieu fort troublant : une nursery de bonsaïs.

Là, reposant sur des tables de pierre, plusieurs centaines d'arbres à qui l'on interdit de grandir *prennent* le temps (au sens où l'on dit « prendre le soleil »). Drôle de nursery où l'on empêcherait les bébés de pousser, s'émerveillant de leurs rides plutôt que du poids qu'ils ont pris !

Les pépinières du bord des autoroutes sont faites pour permettre aux hommes de transporter du temps. Planter dans une ville trop neuve un arbre de trente ans, c'est donner à cette ville un peu d'âge, ou l'illusion de l'âge. Comme un enfant qui, pour se vieillir, use et abuse de la cigarette.

Ces nurseries au fond des jardins cultivent une autre illusion : piéger le temps. L'enfermer dans un arbre. L'arbre est le seul récipient qui convienne au temps. Le seul où il accepte d'être vu. L'arbre est une lente, très lente et durable horloge.

Nous sommes de courts vivants. L'arbre, né bien avant nous, nous survivra des siècles. Je parle de l'arbre digne de ce nom. Pas de l'arbre de pépinière. Lequel vivra moins qu'un homme.

Les directeurs de ces pépinières ne peuvent que s'être déclarés en guerre contre le temps. Ainsi, on croit deux fois triompher de lui : en économisant sur l'enfance et en abrégeant l'arbre.

L'espace est une grandeur simple. Peu ou prou, tous les peuples y livrent bataille de la même manière.

Le temps est une autre affaire. Un pays bien plus retors. Où se révèlent les civilisations.

La capitale mondiale
de la chaussette

On comprendra donc qu'arrivé à Datang le premier sentiment éprouvé par le voyageur soit un mélange de soulagement et de gratitude.

Les avenues sont larges, peu encombrées de véhicules et à demi ombragées par de jeunes platanes ; les passants sourient et ont plutôt l'air de flâneurs ; les cuisines des restaurants ouvrent sur le trottoir ; une petite foule d'adolescents fait la queue devant le club internet, attendant qu'un écran se libère ; L'Oréal vante les mérites de je ne sais quelle nouvelle lotion essentielle ; la vitrine d'un pâtissier présente les maquettes de très conséquents gâteaux d'anniversaire : le plus modeste a bien la taille d'une roue de moto et représente deux souris en train de dévorer un épi de maïs (quel rapport avec le Happy birthday ?).

Enfin une localité paisible que ne semble tourmenter aucun prurit du bâtisseur, aucune folie des grandeurs.

Merci, Datang !

Le voyageur reprend tout à la fois haleine et espoir. Allons, la Chine reste humaine. S'il lui demeure ainsi des paresses, l'Europe aura peut-être une chance de survivre.

Au lieu de goûter plus longtemps cette quiétude si chèrement conquise, ce voyageur se rappelle soudain la raison de sa présence ici.

Où est-elle ?

C'est pour elle qu'il a parcouru quelque dix mille kilomètres et il n'en voit nulle part la trace. Il tourne et retourne la tête en tous sens. Il s'affole.

Croyant à un malaise, le pâtissier spécialiste en anniversaires géants lui avance un siège. Autour de lui, gentiment, on s'empresse, mais dans la langue la plus étrangère qui soit. Faute de pouvoir s'expliquer, le voyageur soulève une jambe de son pantalon et montre l'objet de son enquête. L'hilarité se déchaîne. On rit longtemps et suraigu. L'assistance a l'air très satisfaite. Tout le monde hoche la tête. Parfait, parfait, voici un bon voyageur !

On me prend par le bras, on m'entraîne dans la rue. On me conduit devant un panneau vitré, exactement semblable à ceux dont Jean-Claude Decaux a hérissé nos villes. On me désigne et redésigne deux idéogrammes. L'étranger ne comprend pas. L'étranger serait trop bête, ou quoi ? L'atmosphère se tend. En arrivant, Bo Chen me sauve. Il sort le petit carnet qui ne le quitte jamais et le petit crayon qui ne quitte jamais le petit carnet. D'avance, il présente ses excuses pour la mauvaise qualité de sa calligraphie :

De retour à Paris, François Cheng me fera le cadeau de les retracer.

Un caractère (a) veut dire « vêtement », un autre (b) veut dire « bout », « extrémité ».

Pour l'instant, Bo Chen relève la tête :

Qu'est-ce que le vêtement de l'extrémité ?

Enfin, mon visage s'éclaire. On applaudit. Le vêtement de l'extrémité (ou l'extrémité du vêtement) ne peut être que « chaussette ». « Chaussette », le pâtissier d'anniversaire, sa famille et ses amis, tout le monde répète « chaussette ».

Un doigt se tend, indique une direction, bientôt suivi par dix autres qui conseillent d'aller ailleurs. Le voyageur remercie, se lève et sort. Il ne va pas attendre longtemps. Datang considère sans doute que son bizutage a assez duré. Datang lui fait entendre l'appel, une sorte de soupir. Il marche vers le bruit à peine audible, mais qui se répète régulièrement. Il quitte l'avenue, s'engouffre dans une ruelle. Ses nouveaux amis pâtissiers ne l'ont pas suivi. Ils ont compris qu'il avait trouvé son rendez-vous.

Et c'est ainsi que je pénétrai dans l'envers du décor : la véritable Datang. Une ville beaucoup plus basse et vétuste que la précédente. Un dédale de venelles bordées de petits hangars plutôt délabrés et de maisonnettes enfouies sous les taches jaunes des fleurs de courge. Devant les seuils, des chiens, les uns grondant, les autres épuisés ou désabusés, montaient la garde. Leurs oreilles étaient pointues comme celles des chacals. Au bord d'une mare, deux fillettes tapaient sur du linge à grands coups joyeux de battoir, tandis qu'une femme, non loin, accroupie devant un *wok*, allumait le feu. Une vieille, très vieille, dormait, bouche ouverte, indifférente au jeu d'un chaton qui mordillait ses sandales noires.

Le bruit, mon bruit s'était subdivisé, démultiplié. À mieux y entendre, maintenant que le vacarme de la rue avait disparu, les soupirs alternaient avec des sifflements et semblaient venir de partout. S'y était ajouté une sorte de halètement, un cliquetis rapide mais discret, très doux et sans à-coup, un peu comparable à celui d'une horloge, mais d'un temps qui se serait accéléré. Une vitesse incongrue dans cet univers pauvre mais calme, si calme, presque champêtre.

Parmi cette foule de bruits, lequel choisir ?

Les chiens-chacals paraissaient s'amuser de mon indécision. Un triporteur arriva, la benne pleine de charbon qu'il déversa contre un mur. À ce moment même, d'une fissure du sol jaillit un trait de vapeur, telles ces fumerolles des pentes volcaniques. Je m'approchai, poussai une porte.

La voilà, celle pour laquelle je suis venu ! La fameuse chaussette dont Datang est la capitale. Elle, de couleur rouge, agrémentée d'un motif doré, et plusieurs centaines de ses semblables, étirées par des formes de métal et suspendues à des fils contre un cylindre énorme qui a tout d'une chaudière.

Dix paires d'yeux me scrutent. Il faut imaginer la pénombre, à peine éclairée par deux néons poussiéreux. Il faut imaginer les murs noirs de suie, des planches tenant lieu de tables et des chaises dépareillées, plastique ou fer, un tableau d'ardoise couvert de bâtonnets tracés à la craie et d'idéogrammes baveux, et la grande photo (déchirée) d'un basketteur américain. Huit femmes en blouse, deux hommes torse nu, très jeunes. Tétanisés. Ils ont cessé net de travailler à mon entrée. Leurs mains n'ont pas bougé depuis cet instant, plongées dans un carton ou posées sur l'une de ces formes plates. Le mouvement leur revient d'un coup. Leur cadence est frénétique.

L'unique bureau de l'entreprise n'a pas de fenêtre. Il est tapissé de photos de mode. Ce décor n'a pas l'air d'égayer le directeur, qui sommeille vaguement entre deux écrans : sur l'un (la télévision), des amants s'engueulent ; sur l'autre (un ordinateur) défilent des idéogrammes. Comme ses employés, il ne porte qu'un pantalon. Sa femme, une pimpante (dans la catégorie implacable), pantalon blanc, twin-set vert et rouge, lui demande vivement de s'habiller. Il obtempère à la seconde, sort d'un tiroir une chemise Hugo Boss. Il peut alors se lever et me recevoir officiellement. Courbette, flot de paroles, présentation de deux bambins dont je n'avais pas remarqué la présence : eux aussi regardent la télévision, ce poste-là est posé sur le sol. Ils ne doivent pas avoir plus de quatre ans. Comme je refuse une cigarette, il m'offre cinq paires de chaussettes Tom et Jerry. Un voisin est appelé, qui parle l'anglais. Lui aussi porte une chemise Hugo Boss. Il me traduit les trois informations principales : 1° je me trouve dans une société de repassage ; 2° le repassage n'est pas un travail facile ; 3° mais quelle importance ? ici, à Datang, nous sommes tous au service de la chaussette.

Je dis mon admiration, prends congé et poursuis mon exploration.

Les ateliers se touchent, plus ou moins grands, plus ou moins propres. Chacun sa spécialité. Ici, on fabrique, on plie ou on empaquette. Là, on imprime les étiquettes dans toutes les langues du monde ou on les colle. Sans oublier le repassage.

Se promener dans ces coulisses, ces entrailles de Datang, c'est visiter l'histoire de l'industrialisation. En cinq pas et deux minutes, on change de siècle. À droite de la ruelle, c'est le XIXe, les enfants-ouvriers décrits par Dickens ont un peu grandi, mais l'environnement n'a pas changé. Même vacarme, mêmes puanteurs, mêmes taudis pour dortoirs, mêmes pauvres soupes pour repas, même fatigue et même résignation dans les regards. De l'autre côté de la même ruelle, voici le temps présent. Clarté, propreté, automatisation…

Une fois livrée en Europe, qui peut savoir de quel côté de la ruelle (c'est-à-dire de quel siècle) vient une paire de chaussettes ? Aucun règlement, notamment d'hygiène, ne semble unifier ces mondes. Liberté aux entrepreneurs ! Sans doute les autorités veulent-elles croire que les conditions s'amélioreront en même temps que croîtra le chiffre d'affaires.

Bo Chen, notre interprète, me fait remarquer que la Chine (vingt fois la France) doit être considérée comme un continent plus que comme un pays. Et n'avez-vous pas de disparités entre Stockholm, par exemple, et Reggio di Calabria ?

Ils sont ainsi plusieurs milliers d'ateliers, derrière les calmes façades de Datang et ses larges avenues indolentes. Auxquels il faut ajouter beaucoup d'autres milliers dans la vingtaine de villages environnants. Au total, douze ou treize mille entreprises familiales ne s'occupant que de chaussettes. On travaille tant qu'il y a des commandes. Mais comme les commandes ne manquent jamais, on ne cesse de travailler. Souvent sept jours sur sept. Douze heures par jour. Pour le même salaire : mille yuans par mois (cent euros), nourri, logé (dans des dortoirs). Un bon patron accordera, une fois l'an, une semaine de répit. L'occasion de retourner embrasser les siens à l'autre bout de la Chine.

Une qualité très appréciée

La soumission de l'ouvrier chinois est une longue tradition. Elle est même gravée dans la pierre.

À cent kilomètres à l'ouest de Shanghai, Suzhou est, aujourd'hui, l'une des capitales de la haute technologie. Une zone nouvelle lui est consacrée (six milliards de dollars investis). Y sont déjà fabriqués *chaque jour* vingt-huit mille ordinateurs portables (le quart de la production mondiale). Mais Suzhou existe depuis le VIe siècle avant notre ère. Immémoriale cité, célèbre pour la beauté de ses femmes, la tranquillité de ses canaux et l'art de ses jardins.

En des temps encore reculés (du XIIIe au XVIIIe siècle), Suzhou était surtout réputée pour ses soieries que les caravanes transportaient jusqu'à l'Europe *via* les oasis de l'Asie centrale. Une forte activité industrielle s'était développée, que les corporations tentaient de réglementer par des sortes d'arrêts qu'elles faisaient inscrire sur des stèles afin que nul n'en ignorât. Une belle collection de ces stèles peut se voir au cœur de la ville, dans le temple de Confucius, juste en face du jardin appelé le « Pavillon des vagues ».

On peut y lire les débuts du capitalisme chinois et s'apercevoir que les rigueurs présentes ont de lointaines origines dans l'empire du Milieu.

Voyez cette stèle de 1734. Des ouvriers tisseurs de soie ayant cessé le travail pour réclamer quelque amélioration de leurs salaires, elle édicte une « interdiction permanente de la grève ». Et sur cette autre pierre encore plus ancienne (1701), la préfecture de Suzhou s'adresse directement aux ouvriers du coton qu'un certain Tiu Ruzhen a montés contre les patrons tisseurs. Elle condamne tous ceux qui, d'une manière ou d'une autre, font obstacle au bon déroulement du travail.

Les mœurs n'ont guère changé.

Les concurrents de la Chine espèrent que, sous la pression des travailleurs, les entreprises seront bientôt contraintes de relever les salaires comme à Taiwan, en Corée, en Thaïlande... Ils risquent d'attendre longtemps. L'une des forces du pays est son inépuisable « armée de réserve », pour reprendre l'expression de Marx, ces centaines de millions de paysans prêts, pour sortir de la misère des campagnes, à accepter en ville n'importe quelle rémunération.

Et quand l'armée de réserve ne suffit pas à tuer dans l'œuf les protestations, le pouvoir fait donner l'autre armée, la véritable, celle qui discute avec des fusils et des chars.

Ce sont les filles, plutôt, qui s'exilent ici, car les garçons ont la charge des vieux parents. Elles envoient au village une bonne moitié de leurs gains. Leurs seuls loisirs sont le bavardage entre copines, les séries de la télévision allumée en permanence et, pour les plus instruites, une petite récréation au café internet (coût : deux yuans l'heure). Les garçons y jouent aux cartes, à la guerre. Ou, comme les filles, draguent. On se recoiffe, on se fait belles et beaux devant les webcams. De virtuelles idylles naissent d'un bout à l'autre de la planète. La soirée passe, joyeuse. La Toile repose du textile.

L'autre grand loisir est la patinoire. Un instant, le voyageur s'étonne : que vient faire un tel équipement dans cette région bien méridionale ? L'argent de la chaussette a-t-il offert ce luxe incongru aux travailleurs ? L'illusion ne dure pas. La glace n'est qu'un ciment craquelé, les patins sont à roulettes.

*
* *

— Vous avez un rêve ?

Mlle Zhang, vingt ans, une ouvrière, ne sait pas ce que ce mot veut dire. Pour l'instant, elle se trouve bien à Datang. Peut-être, plus tard, se rendra-t-elle dans le nord-est, en Mandchourie, où le travail est plus intensif qu'ici, moyennant des salaires un peu plus élevés : mille cinquante, mille cent yuans.

Pour Mme Ma, trente-cinq ans, une autre ouvrière, le rêve serait de vivre avec son mari et son fils de sept ans. « Mais à quoi sert-il de rêver, puisque le rêve est un autre pays que la réalité ? La réalité, c'est qu'au village, dans le Sé-tchouan, il n'y a pas de travail. » Alors elle et son mari sont venus, elle pour la chaussette, lui, qui est maçon, pour construire les usines de chaussettes.

Leur fils est resté là-bas parce que là-bas l'école est gratuite et qu'ici elle est payante. « Voilà comment sont les choses. Que pouvons-nous y faire ? »

Je reviens à Mlle Zhang :

– Vous pensez de temps en temps au succès de Mme Hong ? Vous croyez qu'en travaillant beaucoup tout le monde peut devenir Mme Hong ?

Elle ouvre de grands yeux et me regarde sans comprendre. Bien sûr, elle connaît Mme Hong. Tout le monde, à Datang, connaît Mme Hong. Mais il n'y a aucune relation entre sa planète à elle et celle de Mme Hong.

Mme Ma reprend la parole :

– Mme Hong a une famille ici. Nous, notre famille est là-bas. Sans famille, personne n'arrive à rien.

Dans l'atelier, tout le monde approuve : une famille, une vraie famille, c'est-à-dire une famille qui habite ici, dans la Chine de l'Est, est la seule façon de s'en sortir.

La passion d'entreprendre

À Datang, le communisme a le capitalisme dans le sang. Bien avant qu'en 1992 Deng Xiaoping décide le Grand Virage, le Parti s'est donné pour tâche principale d'insuffler aux masses le sens des affaires.

Depuis toujours, certains paysans améliorent leurs fins de mois en vendant au bord des routes des chaussettes achetées dans l'une ou l'autre des villes voisines. Quand ils sont convoqués au Comité municipal, ces braves gens croient leur dernière heure arrivée : en cette fin des années 1970, le moindre faux pas idéologique peut être puni de mort.

Et, en effet, ils sont accablés de reproches par les camarades-responsables : « Qu'avez-vous besoin de vous fournir ailleurs ? Avez-vous oublié la première leçon du Petit Livre rouge : compter sur ses propres forces ? » Et, aux paysans sidérés, le Parti présente des catalogues coréens et italiens où des machines sont proposées. « Nous avons donné des consignes à la Banque rurale. Son délégué, que voici, vous accordera le crédit nécessaire. »

L'aventure textile de Datang commence.

La ville, alors petite (moins de dix mille habitants), et tous les villages alentour vont se donner corps et âme à la chaussette.

À l'époque, Mme Hong, prénommée Dongying, mène une petite vie tranquille d'enseignante. Un métier et une existence qui ne correspondent ni à son caractère actif ni à ses ambitions. En 1980, elle démissionne de l'Éducation nationale. Aidée par ses frères et sœurs, elle achète trois vieilles machines : toute la famille se met à fabriquer des chaussettes. Chaque mois, Mme Hong se rend au marché de Haining pour se procurer la matière première nécessaire. Elle propose à ses voisins, comme elle producteurs de chaussettes, d'acheter aussi pour eux. Au passage, comme il est naturel, Mme Hong prend sa commission. Mme Hong s'enrichit.

Tant et si bien qu'en 1991 elle abandonne l'artisanat. Fermement soutenue par le Parti, elle crée une véritable entreprise. Aujourd'hui, nul ne conteste à Mme Hong le titre de reine de la chaussette. Sa société, la Zhejiang Socks Company, emploie mille personnes et fabrique chaque année cent cinquante millions de paires (quatre-vingts pour cent pour l'exportation).

Quand on lui fait respectueusement remarquer que tel et tel hangars ne sont qu'à moitié occupés, que des dizaines de bureaux restent vides, Mme Hong sourit :

– Celui qui ne bâtit pas grand ne fait pas confiance à l'avenir. Revenez à Datang dans trois ans. Ce que vous voyez là n'est que le commencement du commencement du développement.

*

* *

Quittant Datang vers le nord, on traverse d'abord une banlieue chic en cours de finition : villas à colonnade, larges trottoirs fraîchement plantés d'arbres déjà hauts, voies goudronnées, réverbères… Les millionnaires de la chaussette ne vont pas tarder à s'installer. Puis la route s'élève à flanc de colline. Les bourgs se succèdent, tous dédiés au « vêtement du bout ». Des usines de brique flambant neuves aux maisons d'habitation, jusqu'au moindre hangar, à l'appentis le plus branlant (hier remise ou poulailler), tous les bâtiments abritent des machines. Et, derrière les petits bruits de la vie quotidienne, cris d'enfants, conversations des vieux, la sonnerie d'un portable bientôt suivie d'une engueulade de plus en plus violente, deux personnages amoureux qui sanglotent (à la télévision), l'air résonne du même halètement mécanique.

La terre remplace le goudron, mais le chemin continue et longe une retenue d'eau dont la couleur hésite entre le jaune et le vert. Les pentes se couvrent de bambous.

– Plus loin, vous ne trouverez rien. Vous voulez vraiment poursuivre ? demande le chauffeur.

Élevage de canards blancs, potagers, rizières miniatures en terrasses. Dernier village. La route s'arrête là, en même temps que la vallée. Silence. À peine perceptible, le bruissement d'un ruisseau encombré de détritus. Des papillons noirs, larges comme une moitié de paume, butinent des hydrangeas desséchés. Les habitants sont arrivés. Ils offrent des verres d'eau « de la source ». On passe et repasse un grand plateau de cacahuètes.

Le village s'appelle Shi Kong Ling, « le trou dans la pierre » – sans doute référence à une grotte, invisible. Le plus âgé de nos hôtes semble inquiet. Il ne quitte pas longtemps des yeux un bâtiment tout neuf, à deux pas. La façade n'a pas encore d'enduit. Une fenêtre attend d'être posée. Un rideau de fer est baissé. Brusquement revient dans l'air le fameux halètement. Un jeune homme surgit. Il lève le pouce droit. Tout va bien. Derrière lui, on voit une grosse machine sépia avaler et recracher d'innombrables fils. Du plafond descendent lentement des bandeaux de carton perforé. Au pied de l'engin, un gros rouleau d'étoffe blanche tourne sur lui-même. Le chef de famille sourit, soulagé. Sa bonne humeur gagne l'ensemble de la petite foule.

Jusqu'à l'année dernière, ce monsieur était seulement cultivateur. Grâce au crédit rural, il a pu acheter cette machine chinoise trente mille yuans. Un grossiste vient régulièrement de Datang. Il apporte la matière première (le fil) et les cartes perforées (qui vont transmettre à la machine les tout derniers désirs de la clientèle, ses préférences pour un motif plutôt que pour un autre). Le mois suivant, le grossiste revient, il fournit le nécessaire, il paie, il emporte la marchandise. La machine est déjà remboursée.

Jusqu'à l'année dernière, les jeunes pensaient partir en ville pour chercher un emploi. Ils ont décidé de rester. Ils vont s'occuper de la machine qui tourne jour et nuit. Les pannes sont rares. Tout dépend du fil de coton : il ne faut pas qu'il casse. Bientôt, très bientôt, le chef va acheter une autre machine. Ses voisins hochent la tête. Eux aussi vont acheter une machine. L'industrie textile envahit Shi Kong Ling, le trou dans la pierre.

Le soir tombe, les détails s'estompent, les âges se mêlent. Avec ces eaux sombres et la rondeur des collines, plus rien ne distingue le XIXe siècle du XXIe, ni la Chine de la Lorraine.

Pendant la redescente vers Datang, je me dis que rien n'a changé dans l'économie. En France, il y a deux cents ans, au fin fond des Vosges, au creux de vallées semblables, des familles analogues agrémentaient en tissant le maigre ordinaire paysan.

*   *   *

À soixante kilomètres au sud de Datang, la ville de Yiwu joue les modestes. Un point sur la carte. Une agglomération en bordure de l'autoroute qui joint Shanghai à Hong Kong. Les guides touristiques oublient Yiwu. Aucun patrimoine historique. Aucun titre de championne du monde pour la production de tel ou tel produit. Yiwu n'est qu'un marché. Un marché au sens le plus trivial : l'endroit où des êtres humains présentent des marchandises dans l'espoir que d'autres humains les achètent. Ses six millions d'habitants ne s'intéressent qu'à cela, le commerce, la vieille confrontation, tantôt joyeuse, tantôt violente, entre l'offre et la demande. Le Parti communiste local s'est mis au service de cette passion. Yiwu n'arrête pas de construire des marchés. Et des marchés toujours plus vastes, toujours plus pratiques, toujours mieux organisés.

Le commerce des « petits produits » a son monument, par exemple. Une ville dans la ville. Trois cent quarante mille mètres carrés, sur trois étages. Des milliers de boutiques rassemblées par activité, elles-mêmes soigneusement subdivisées : ainsi, les cinquante mille mètres carrés réservés aux jouets sont répartis entre les jouets normaux (*regulars*), les jouets électriques, les jouets gonflables et les peluches. Les fleurs (artificielles) disposent de vingt mille mètres carrés, les ornements pour cheveux (broches, épingles, chouchous) trente mille, les guirlandes et boules de Noël quinze mille. Sans oublier l'« art » religieux : Bouddha, Jésus, Confucius, Lao-tseu, Jean-Paul II (vingt mille mètres carrés), ou les niches plus étroites tels que les chapeaux excentriques pour supporters de football (cinq mille).

Venus du monde entier, les commerçants de gadgets font leurs emplettes. J'ai rencontré deux Maliens ravis : ils allaient inonder Bamako d'ombrelles, avec une marge prévue de mille deux cents pour cent.

Depuis longtemps, Datang était jalouse de Yiwu. C'est de cette jalousie qu'est née la « Cité de la chaussette ».

*
* *

La Cité comporte deux parties.

La première est une gare routière. Elle accueille les fournitures. Chaque jour, des dizaines et des dizaines de camions apportent le coton et la fibre synthétique. C'est là que viennent s'approvisionner les fabricants, en voiture, en triporteur, à vélo (la petite montagne de bobines déborde largement de chaque côté du porte-bagages). Sur une place voisine plantée d'arbres, des dizaines de boutiques présentent les toutes dernières machines. Il faut voir les paysans, vêtus comme des paysans, discuter avec les ingénieurs coréens, italiens ou chinois.

Aux quatre coins, des banques rivalisent par voie de panneaux ou de calicots. Peu ou prou, leurs discours se ressemblent. Elles rappellent premièrement que la Chine est le pays de tous les possibles, deuxièmement que le crédit est le meilleur ami de l'homme (industrieux), troisièmement qu'attendre c'est reculer.

La deuxième partie de la Cité de la chaussette, son cœur et sa fierté, est un hall immense, une sorte de gymnase où les fabricants, les petits au centre, les gros sur le côté, présentent leurs productions. Sur quatre hectares, des centaines de stands se succèdent, tous semblables. Trois mètres carrés, un banc, une table, un ventilateur, une théière électrique. Et des chaussettes. Quatre hectares et neuf milliards de chaussettes, toutes les tailles, toutes les matières, toutes les longueurs, toutes les couleurs. Des chaussettes jusqu'au vertige. Jusqu'à douter que l'humanité ait assez de pieds pour enfiler autant de chaussettes. Ce sont plutôt les femmes qui viennent vendre. Elles papotent, jouent aux cartes, font la cuisine ou s'occupent des bébés qui les accompagnent. Sans oublier de guetter puis d'apostropher le client éventuel. Voici un jeune couple enamouré, le fiancé et la fiancée rougissent, hésitent longuement entre deux nuances de mi-bas. Voici un grossiste type argentin ou libyen, portable dans une main, calculette dans l'autre, assistante à sa droite, chargée du portable numéro deux, garde du corps à sa gauche, responsable de la mallette noire.

Devant l'entrée du marché, le temps de ma promenade, d'autres commerces se sont développés. Un vieillard a sorti d'une boîte en carton des chaussures. Une femme a étalé sur une couverture vert pomme une collection de réveils. Sur un étrange véhicule, un fourneau encadré par des roues de bicyclette, un jeune homme aux cheveux tirant sur le roux prépare des brochettes.

Soudain, plus personne. Ramassant ses cliques et ses claques, ce petit peuple de la vente a disparu. Seul le roux continue d'activer son feu. Il finit par relever la tête. Et se met à courir. Courir comme un dératé, en poussant sa carriole. Un vigile le poursuit, brandissant une hache, avec des cris sauvages. Trois policiers suivent, beaucoup plus tranquilles, l'air plutôt goguenard. Le vigile se rapproche. Maintenant, ses coups de hache frôlent les épaules et le dos du cuisinier. La foule, la foule des amateurs de chaussettes que les rugissements du vigile ont attirée, n'a pas l'air de s'émouvoir. Elle commente, s'amuse, goûte le spectacle. La pauvre carriole finit par se renverser. La hache ne manque que de peu, très peu, la tête rousse pour s'abattre sur la carriole cuisinière, qu'elle éventre. Par l'ouverture, de gros morceaux de charbon rougeoyants tombent sur le sol.

Satisfait de son œuvre, le vigile remet la hache sur son épaule et s'en va vers d'autres aventures sécuritaires. Sur son passage, la foule s'écarte avec respect. Et pas seulement à cause de la hache. L'assistance approuve : le vigile a agi comme il devait agir. On aurait pu croire que les policiers s'occuperaient du contrevenant. Erreur. Tordus de rire, ils le regardent un moment tenter de remettre d'aplomb son engin. Puis reprennent leur ronde, sans autre forme de procès.

Ajoutons qu'une fois son foyer tant bien que mal refermé et ses deux roues tordues rajustées, notre ami cuisinier s'écarte d'une dizaine de mètres, hors de l'enceinte intouchable du palais de la chaussette, et, comme si de rien n'était, reprend son activité illicite et parfumée.

*
* *

Disons-le tout net : les soirées ne sont pas très folichonnes à Datang. On dîne tôt : dès dix-neuf heures, les restaurants se vident. Et inutile d'insister, le cuisinier est parti. À la seule idée de retrouver sa chambre d'hôtel, ses moustiques et son odeur de chou, on étouffe. Une seule solution : la promenade.

D'innombrables lueurs bleutées ponctuent la nuit. J'ai d'abord cru n'y voir que la présence bien connue de la chère télévision. Je me suis avancé vers un bâtiment qui semblait une ferme, particulièrement riche en lueurs. Un chien aboya. Je me trouvais bien dans une cour de ferme. J'approchai ma tête d'une fenêtre. Un homme et une femme travaillaient sous un néon. Le néon est l'autre télévision de la Chine.

– Pourquoi tant travailler ?

À cette question cent fois posée, la première réponse s'impose : pour gagner une vie meilleure. Mais une autre raison, souvent, est ajoutée : pour tuer l'ennui.

Alors on doit s'ennuyer ferme, durant les nuits de Chine, à voir tous ces néons allumés jusque dans les coins les plus reculés.

Histoire d'une rupture

Mon idylle avec Datang n'a pas duré. Il faut dire qu'en ce début septembre 2005, cent millions de produits textiles chinois parmi les plus divers attendaient dans les ports d'Europe que le Vieux Continent accepte de s'ouvrir à eux. Le commissaire européen au Commerce, Peter Mandelson, accouru à Pékin, tentait de trouver un accord avec son homologue, Bo Xilai. Il fallait faire vite. Les distributeurs s'impatientaient, clamant que bientôt nous n'aurions plus de quoi nous vêtir… Surtout, il ne fallait pas gâcher l'ambiance du huitième sommet Chine-Europe où Tony Blair et Wen Jiabao devaient conclure de considérables accords sur l'aéronautique civile, la banque, l'immigration clandestine, l'évolution climatique de la planète…

Consigne stricte avait dû être donnée à tous les niveaux de balayer les moindres grains de sable.

Bref, revenus avec une caméra chez notre ami repasseur du premier jour – l'homme qui m'avait si généreusement fourni en chaussettes Tom et Jerry –, nous trouvâmes un climat changé. Pas question de cadeaux, cette fois, ni de verre d'eau tiède. Montrez-moi vos autorisations. Bon, ne bougez pas, j'appelle. Cinq ou six amis, apparus soudain, nous encerclaient, plutôt menaçants.

Une très jeune fonctionnaire arriva, l'air sévère. Elle portait un tee-shirt beige sur lequel Popeye bombait ses muscles, rehaussé de petites languettes argentées. Elle nous fit monter dans une voiture noire. Direction la grande ville dont dépend Datang, Zhuji. Mairie. Septième étage. Longue attente.

– Où est le responsable ?

– Il vous recevra. Pour l'instant, il déjeune. Voulez-vous des plateaux-repas ?

Après une longue négociation, il fut décidé – les Français, amoureux de la cuisine, particulièrement de la cuisine chinoise, ne pouvant se satisfaire d'un vulgaire en-cas – de se rendre au restaurant où se sustentait le responsable, et d'y attendre son passage.

Nouveau voyage vers la meilleure table de la ville, le Xizi Fin Food City. Petit salon. Arrivée d'un premier directeur (des relations publiques). Grands sourires. Bienvenue en Chine ! C'est votre premier voyage ? On trinque à la bière. De nouveau grands sourires. Vous avez enfreint la loi chinoise. Pour tourner la réalité chinoise, il faut une autorisation spéciale. Alors, que faire ? Envoyer une demande au consulat de France à Shanghai qui transmettra à la capitale de la région (Shaoxing) qui demandera l'avis de la ville (Zhuji) qui demandera l'avis de la commune (Datang).

Plates excuses.

Pas de problème.

Nouveaux toasts. Nouveaux sourires. « Excellent voyage en Chine ! » Le directeur sort.

Les Français reprennent du porc au bambou : l'affaire paraît rattrapée. Popeye aimerait bien connaître notre pays. À propos, le directeur que nous venons de voir n'est pas compétent pour ce genre de problème. Il faut un autre directeur.

— Et où est l'autre directeur compétent ?

— Dans le restaurant.

Nouvelle attente. Arrivée du nouveau directeur (des relations internationales). Sourires moins chaleureux, mais sourires. Un seul toast. À peine bienvenue. Vous avez enfreint la loi de la Chine. Remettez-nous vos passeports. Retournez à votre hôtel. Attendez notre décision. Laquelle arriva le soir même : demain matin, vous devrez avoir quitté Datang.

Parler d'avenir

Bo Chen, notre interprète, a trente-deux ans. Membre actif du Parti communiste durant ses années d'université ; aujourd'hui tout acquis à la nouvelle religion capitaliste et très attaché à l'ordre social qui « seul permet le développement ». Répète qu'il ne s'intéresse plus à la politique. « C'est pour cela que j'ai déménagé. Pékin aime trop les idées. Ici, à Shanghai, on ne s'occupe que de business. » Sa femme, Xui Shan, qui est passée par HEC, travaille pour L'Oréal. Elle est directrice financière de la filière luxe. « Excellent salaire. »

Bo a le génie des résumés.

– Comment vois-tu l'avenir de la Chine ?

– Pas différent de son passé. Mon pays a toujours été la première puissance du monde. Sauf durant les deux derniers siècles. Dans vingt ans, elle aura recouvré son rang.

– Et vous ne craignez pas la concurrence indienne ?

– L'Inde est trop démocratique. Elle y perd beaucoup trop d'énergie.

Bo nous parle souvent de Paris, où il est resté six ans en tant que correspondant du *China Youth Daily* (deuxième quotidien national; tirage : un million et demi d'exemplaires). Dans l'ensemble, il garde de bons souvenirs de son séjour. Mais une question le préoccupe :

– Pourquoi, en France, n'aimez-vous pas les enfants ?

Je m'étonne, me récrie, le prie de développer.

– En France, vous ne travaillez pas assez. Donc vous préparez mal l'avenir de vos enfants.

Et il enfonce le clou :

– Chaque année, la dette de la France augmente. Seuls ceux qui ne travaillent pas assez s'endettent. Et qui doit rembourser ? Les enfants.

Que répondre ?

VII

FRANCE

La ligne de front

France, département des Vosges.

Depuis la fin du Moyen Âge, l'eau qui descend de la montagne donne sa force aux moulins, aux fabriques, aux scieries. Et sa pureté aux teintureries et aux papeteries.

Dans chaque vallée, une rivière.

Au long de chaque rivière, des villages.

Au cœur de chaque village, une usine.

*
* *

Lépange-sur-Vologne, mille deux cent cinquante habitants.

Patrick Decouvelaere, scientifique de formation, dirige depuis vingt-cinq ans une entreprise de textile qui porte son nom. Il habite sur place. Outre sa société (tissage et teinture, quatre-vingt-cinq employés), il préside le syndicat du textile de l'Est et le pôle de compétitivité « fibre naturelle ». Patrick, la soixantaine chaleureuse, des épaules de rugbyman qu'il balance en marchant (vite), se définit comme un « Israélien » : « Pour moi, la guerre est un état normal. » Dès les années 1970, il faut affronter la rive sud de la Méditerranée et ses bas salaires : Maroc et Tunisie. Certains entrepreneurs choisissent d'y délocaliser leurs productions. Les autres mécanisent et robotisent. L'emploi diminue, mais le niveau de production demeure. Tant bien que mal, on réussit à faire face.

La deuxième guerre débute avec le XXIe siècle. Son ampleur et sa violence ne ressemblent à rien de connu. Cette fois, la concurrence vient d'Asie, à commencer par la Chine. Le coût de la main-d'œuvre n'est pas l'essentiel : le textile vosgien s'est modernisé en conséquence, contrairement à la légende qui parle d'installations dépassées. Mais comment se battre contre un yuan sous-évalué ; contre un système bancaire chinois qui « oublie », sur ordre des autorités, de demander le remboursement des prêts ; contre ces mêmes autorités qui font payer presque rien l'énergie ; contre des normes beaucoup plus laxistes en matière de santé ou de protection de l'environnement ; contre les violations manifestes du droit de propriété intellectuelle ; contre les disparités effectives des droits de douane… ?

Résultat : l'emploi continue de baisser. Et la production, à son tour, s'effondre. Elle a chuté de quarante pour cent en quatre ans.

Patrick Decouvelaere n'est pas du genre à refuser la compétition. À condition que claires et semblables pour tous soient les règles du jeu.

Gronder n'est pas agir. Que faire ?

D'abord « ennoblir », c'est-à-dire donner aux tissus une qualité inconnue des concurrents. Par exemple, en brossant la surface, on va parvenir à des « touchers » délicats : le « peau de pêche », le « pétale de rose »…

Mais le grand espoir de Patrick est le brevet qu'il vient de déposer. KIS : *keep it stretch*. Une technique secrète qui donne aux tissus des propriétés révolutionnaires. Ainsi traités, le lin et le coton gardent la *mémoire* de leurs formes antérieures. On a beau les étirer, les chiffonner, ils reviennent à leur état premier. Chacun sait qu'il suffit de regarder le lin pour qu'il se froisse. C'est dire si tous les amoureux de cette matière – dont je suis – attendent avec impatience l'arrivée de vêtements KIS.

*
* *

Docelles, mille quarante-deux habitants.

Autre petite ville sur la même rivière Vologne.

Son usine à elle est une papeterie créée en… 1478 et aujourd'hui propriété du groupe finlandais UPM. Spécialité : les enveloppes.

Michel Chakaï, le directeur, chante les louanges de la grande idée nouvelle.

– Le bois, le papier, le textile (principalement le coton) : telles sont les trois activités principales de notre département. Nous nous sommes enfin rendu compte que nous travaillions une même matière, la cellulose. Ainsi est né le *pôle de compétitivité fibre naturelle Grand Est*. Avec un premier projet : créer avec l'université de Nancy un centre de recherche commun. Les Vosgiens sont gens de vallées, vous savez : nous aimons les compartiments, nous suffire à nous-mêmes. Grâce au pôle, on fait connaissance, on se parle, on échange, on projette. Puisque guerre il y a, les forces, enfin, s'unissent.

*
* *

Éloye, trois mille cinq cents habitants, est une autre petite ville, au bord d'une autre rivière, la Moselle. Yves Dubief, tisseur et président de la chambre de commerce, vient de me faire visiter son usine toute neuve. Lui aussi est un combattant : il vient d'investir quinze millions d'euros. Exemple pour ceux qui doutent et attendent la retraite (ou l'incendie de bâtiments que l'assurance pourrait rembourser…).

Malgré sa vaillance et l'excellence de ses installations, le guerrier a déjà dû reculer : il a vendu à des Turcs un tiers de ses machines. On comprend qu'il peste contre cette concurrence, tellement inégale, avec la Chine. Et se désole du départ des sièges sociaux.

– Nous réussissons à conserver quelques usines. Mais les centres de décision ont quitté les Vosges. Les emplois de services s'en sont allés avec eux, les compétences, les plus hauts niveaux de revenus.

Ensemble, à la gare, nous attendons le train. Un train régional jusqu'à Épinal. Où j'attendrai la correspondance pour Paris. Et « gare » est un mot bien trop vaste pour ce très modeste abri de béton devant lequel tout bus digne de ce nom refuserait de s'arrêter.

– Vous comprenez pourquoi l'Est a tant besoin du TGV ?

Il me quitte sur cette autre question :

– Que vaut-il mieux : acheter un peu plus cher avec son salaire ou acheter au plus bas prix avec ses indemnités de chômeur ?

Dans la micheline jaune et bringuebalante qui de toute sa vitesse (cinquante à l'heure) m'emporte vers Épinal, je me souviens d'une étude commandée par le gouvernement Blair (et par lui gardée secrète). Avec froideur – certains diront cynisme –, les gains de pouvoir d'achat dus aux pratiques d'achat hautement concurrentielles des supermarchés étaient comparés aux coûts du chômage engendré par ces pratiques. Et c'est ainsi qu'un appui plus sensible encore fut apporté à la grande distribution.

« Un euro le jean ! »

Comment ne pas prendre cette annonce pour ce qu'elle est : une insulte au travail ?

Ainsi va l'espèce humaine de nos pays développés. Elle vitupère la mondialisation et se précipite dans ses temples : les hypers, les mégas, les mammouths et autres mousquetaires du commerce à prix cassés (sur le dos de qui ?).

CONCLUSIONS

Le jardin des retours

Voyager, c'est glaner.

Une fois revenu des lointains, on ouvre son panier. Et ne pas s'inquiéter s'il paraît vide. La plupart des glanures ne sont pas visibles : ce sont des mécomptes ou des émerveillements, des parfums, des musiques, des visages, des paysages. Et des histoires.

La longue, si longue et si belle route du coton n'en fut pas avare. Sur cinq continents (en comptant pour deux le nord et le sud de la même Amérique), de Kaniko (Mali) à Whiteface (Texas), en passant par le quai aux oignons (Alexandrie, Égypte), Americana (Brésil), Boukhara (Ouzbékistan), Lépange-sur-Vologne (France) et la cité de la chaussette (Chine, province du Zhejiang), la fibre douce a livré bien des secrets.

Au XVIIIᵉ siècle, sitôt retrouvée la terre natale, les navigateurs plantaient les végétaux collectés aux quatre coins du globe dans un jardin dit « des retours ». Me voilà, moi aussi, en Bretagne, à l'heure du jardin. Le panier plein, non de graines, mais d'histoires. Lesquelles retenir, parmi toutes celles entendues ? Elles volettent et piaffent, toutes mes histoires de coton, telle une bande d'enfants dont chacun veut être le préféré.

J'en ai choisi dix.

Qui racontent la planète. Dix histoires et trois idées dont je vous assure qu'elles sont fausses.

Vous l'aurez remarqué : ce livre est d'abord le récit d'une longue promenade. Loin de moi l'idée impudente de proposer un plan d'action. Et pourtant, de ces trois idées fausses et de ces dix histoires vraies, il me semble que certaines pistes se déduisent.

Une histoire d'appellation

Qu'y a-t-il encore de « premier » dans cette matière dite « première » qu'on a baptisée « coton » ? « Premier » semble faire référence à quelque constance installée dans le sol depuis l'aube de l'humanité comme le cuivre ou le diamant : la plante aujourd'hui cultivée serait semblable à celle des grands débuts.

Trompeuse ressemblance entre les deux familles minérale et végétale du peuple des « produits de base ». Même dans les coins les plus perdus de l'Afrique, la semence de coton est l'héritière d'un long, très long processus de sélection.

Quant au reste du monde où l'on joue frénétiquement avec la génétique… Peut-on encore le nommer « coton », l'arbuste qui porte en lui des gènes de méduse (pour mieux s'illuminer à proximité des explosifs) ou d'araignée (pour améliorer sa fibre) ? L'acquis, depuis longtemps, l'a emporté sur l'inné. Ce qu'on appelle

« coton » est de moins en moins un cadeau de la nature. C'est une création permanente.

Une histoire de mariage

Ceux qui préfèrent tout simplifier aiment à croire qu'un monde sans intermédiaires serait meilleur : les producteurs (de coton) dialogueraient directement avec les utilisateurs (de coton) et se mettraient vite d'accord sur le prix et sur la quantité.

Hélas pour ce rêve, la réalité est différente. Les catégories de coton sont innombrables ; les usines d'égrenage sont loin des usines de filage, lesquelles ont des besoins différents selon les machines qu'elles utilisent et le produit qu'elles veulent livrer ; les calendriers de l'industrie ne sont pas ceux de l'agriculture…

Sans appui, les offreurs auraient bien du mal à rencontrer les demandeurs. Bref, il faut des marieurs : ce sont les négociants. On connaît l'origine du mot : la négation « ne » et le substantif latin « otium » (loisir). Et, en effet, le bon négociant n'a guère de loisir ni de repos. Non content de se tenir perpétuellement et planétairement informé des besoins et des disponibilités, il doit, pour bien marier, proposer toutes sortes de services et assumer toutes sortes de risques : faire crédit à certains agriculteurs pour qu'ils puissent planter ; déterminer et garantir les qualités ; acheter en une monnaie et revendre en une autre ; acheminer par camion, train, bateau la matière première ; accorder des délais de paiement (parfois démesurés) aux clients… Pour que chaque tonne de coton trouve preneur, un négociant est un marieur qui, non content de mettre en contact, invente sans cesse de nouveaux types de mariage. On compte de par le monde cinq centaines de négociants qui s'occupent peu ou prou de coton. Une dizaine d'entre eux traitent chacun, annuellement, plus de 250 000 tonnes. Quatre maisons géantes et multinationales dépassent le million : Cargill, Dunavant, Louis-Dreyfus et Reinhart. On imagine leur poids sur le marché.

Une histoire de revanche

Souvenez-vous de l'an 2000 : avec le XXᵉ siècle, on croyait bien enterrer l'économie traditionnelle. Depuis déjà longtemps, les Services regardaient de haut l'Industrie. Et voilà qu'Internet, patrie du Virtuel, s'emparait de la planète. Bien sûr, quelques esprits avisés osaient rappeler qu'il faut produire, entreposer et livrer dans des camions les objets commandés sur la Toile, mais on n'écoutait guère ces propos grossiers et rétrogrades : à l'évidence, l'économie dite « réelle » vivait ses dernières heures.

Six ans plus tard, ce fameux Réel a l'outrecuidance de frapper à notre porte. « Pardon d'exister encore, dit-il, mais voici ma facture. » Si le Virtuel n'a, par définition, pas de limite, l'une des caractéristiques du Réel, c'est la rareté. La rareté, donc la cherté. Or le réel du Réel s'appelle matières premières, les matières premières dites *fossiles*, celles qui ne se renouvellent pas… Le fer, le pétrole, le cuivre… Comment s'étonner que leurs cours s'envolent ? On les avait oubliées. Celui qui sait écouter les entend ricaner.

Le plus beau spectacle de cette revanche du Réel se voit sur la rivière Huangpu, l'affluent du Yang-tsé qui traverse Shanghai. Sur la rive nord s'étend le célèbre « Bund », les restes ultimes de la vieille ville : des banques, des administrations et encore des banques. Sur la rive sud, c'est Pudong, une forêt de tours dominant de nouveaux territoires : encore des banques, des compagnies d'assurances, d'électronique ou de télé-communications.

Entre les deux passent et repassent, sur l'eau grise, d'énormes péniches. Personne ne les regarde. On dirait même que Shanghai en a honte. Il est vrai qu'elles déparent, dans cette capitale du moderne et du clin-quant. Imaginez une file de gueules noires traversant une agence de publicité. Ces péniches sont sales et brunes. Elles sont modestes : aucune inscription sur leurs flancs, aucun néon clignotant dans la nuit. Elles transportent, elles apportent tout ce qu'il faut pour construire : du sable, des pierres, du verre, de l'acier, du charbon...

Cette revanche, hélas, ne concerne pas le coton. Chacun sait qu'il est vain d'espérer dans les années prochaines une envolée des cours. Plante annuelle, cultivable dans tous les pays un peu chauds, la produc-tion de coton s'adaptera sans mal aux variations de la demande.

Trois idées fausses

Un tour du monde attise en soi le goût de la différence, il enseigne la relativité, il nourrit le scepticisme.

Mais il arme aussi quelques convictions.

Vous revenez impatient de guerroyer contre certaines idées dont votre voyage vous a non seulement appris la fausseté, mais vous a persuadé de leur malfaisance.

1. L'idée selon laquelle il existerait un *juste prix* pour tel ou tel produit est un premier malentendu.

Déterminer le prix du coton est une affaire d'autant plus complexe qu'il vaudrait mieux parler *des* prix *des* cotons. À New York se nouent et se dénouent les opérations à terme. À Liverpool des indices sont régulièrement publiés, des moyennes de cotations, par qualité et par origine. Sur une plateforme du Net, « The Seam », des offres fermes à une clientèle potentielle, ciblée. Mais, pour apprécier l'orientation du marché, chaque négociant fait surtout confiance à ses agents, placés çà et là aux endroits stratégiques, de véritables réseaux de renseignement installés depuis des décennies, parfois depuis des siècles.

Prix plus *justes*, commerce plus *équitable*… comment refuser de tels objectifs ? Mais qui va dire cette justice ? Et quels principes suivre pour appliquer cette morale ? D'enthousiasme, la plupart d'entre nous accepterons de payer plus cher leur coton pour que soit mieux rémunéré le paysan africain. Mais je ne pourrai m'empêcher de penser à l'ouvrier agricole brésilien. Est-ce sa faute si le mode de production auquel il participe n'est pas homologué comme *équitable* ? Doit-il, pour cette « faute », dont chacun sait qu'il n'est en rien responsable, ne pas bénéficier de cette nouvelle justice ?

Et le travail des enfants ?

Peut-on en même temps s'attendrir devant les récoltes africaines (« Ah ! le bel exemple de solidarité familiale ! ») et dénoncer à hauts cris les corvées ouzbèques (« décidément, la tyrannie soviétique n'est pas morte ! »)

Si les belles initiatives du *commerce équitable* achètent à faible coût de la bonne conscience, l'économie ne perdra rien de sa violence. Mais, la recherche de l'*équitable* peut permettre de mieux connaître la réalité de la filière. Alors le but est atteint : une conscience commence à grandir. Relayée par les ONG, elle pèse sur les négociations interétatiques

2. Un beau jour, vers la fin du xxᵉ siècle, la France a choisi de travailler moins. J'ai pu constater que cette décision dite « loi des trente-cinq heures » était, partout où je suis allé, considérée comme une bizarrerie et surtout comme une aubaine par tous les autres pays, nos concurrents. Lesquels jugeaient que la mondialisation imposait plutôt de travailler davantage. Pis, je me suis rendu compte, revenant au bercail, que le travail n'avait plus chez nous la valeur qu'il avait ailleurs. On lui donnait sa part, rien que sa part, bornée par d'impérieux loisirs. N'est-ce pas ainsi qu'ont commencé tous les déclins ?

3. Autre illusion : il suffit de produire, l'acheteur s'en contentera. À quelques exceptions près (situations de

monopole, rareté pétrolière), l'économie, et notamment l'économie textile, est dominée par ceux qui demandent et non par ceux qui offrent. Le coton américain, récolté à la machine, n'a sans doute pas l'excellence des productions africaines, mais il offre à ses clients un suivi de qualité, une garantie de propreté et le type de fibres qu'ils attendent.

La double histoire de l'esquive et de l'étranglement

Officiellement, la concurrence est à l'économie ce que la démocratie est à la politique : la loi morale et le moteur du progrès.

En fait, seul le Brésil, fort de ses avantages naturels, joue le jeu pur et dur de l'offre et de la demande. Tous les autres pays que j'ai visités, tous, s'arrangent pour fuir les rigueurs et les volatilités du marché : subventions ouvertes ou déguisées, manipulations monétaires ou douanières, batailles de normes, contrats préférentiels…

Dans cet art de l'esquive, les pays ne sont pas égaux. Comment le Mali peut-il lutter, lui qui ne dispose d'aucune de ces armes interdites ?

Comment ne pas comprendre que seule une négociation multilatérale, que seule l'action de l'Organisation mondiale du commerce peuvent mettre en place – et faire respecter – des règles du jeu communes ?

Les cours annoncés chaque jour à New York et à Liverpool servent d'indication, de cadre de référence. Mais qui connaît la réalité des contrats ? Qui peut savoir à quel prix l'Ouzbékistan vend son coton à la Chine ?

La véritable tension vient en aval de la grande distribution. Comparant à tout instant toutes les offres et tous les prix, c'est elle qui impose la loi d'airain de la concurrence dont les rigueurs remontent un à un tous les échelons de la filière.

L'actionnaire et le consommateur se sont alliés pour étrangler le producteur.

Une histoire d'États

L'administration n'est jamais loin quand il s'agit d'agriculture. Pour protéger et pour réglementer.

Mais le coton débordant largement le champ de l'agriculture, celui qui prend la route et court le monde à sa recherche va rencontrer, chemin faisant, tous les États possibles.

— La variante américaine et vieillie de l'État-providence, qui subventionne sans vergogne ni logique économique.

— L'État producteur : en Ouzbékistan, les kolkhozes ont été, officiellement, démantelés, mais le coton demeure la première des affaires d'État.

— Au Mali, le kolkhoze géant perdure, faute d'avoir su et voulu organiser des structures plus efficientes.

— L'État paléosocialiste, à l'égyptienne : fidèle à l'esprit de la réforme agraire voulue par Nasser, il continue d'interdire la constitution de propriétés assez vastes pour être rentables.

– L'État minimal, à la brésilienne : il laisse faire (notamment la déforestation, les extorsions de terres), et fait le moins possible (infrastructures).

– Enfin, cette étrangeté, cette grosse bête hybride, l'État maximal, à la chinoise : sous une peinture obstinément rouge, une redoutable machine, le totalitarisme politique au service du capitalisme économique.

Il était une fois la patrie

Xénophobie, nationalismes, chauvinismes… Chacun sait que ces maladies plus ou moins aiguës et toutes liées aux territoires n'ont pas disparu de notre planète, que l'hymne universel à la liberté du commerce n'empêche aucunement de très générales pratiques protectionnistes.

Mais que l'amour de la patrie reste aujourd'hui un puissant ressort de la filière cotonnière, voilà qui surprend le voyageur.

De la devise *Proud to be an American farmer*, qui fleurit sur nombre de cartes de visite texanes, aux chants rituels des récoltants maliens qui redoublent d'efforts pour ne pas voir la production de leur pays dépassée par celle du Burkina Faso ; de l'ouvrier brésilien qui, avec ses camarades, chante chaque soir l'hymne national devant le drapeau, au portefaix chinois qui, du haut de son tricycle bleu, montre fièrement l'affiche proclamant sa petite ville, Datang, capitale mondiale de la chaussette, partout, spontané ou organisé, volontaire ou obligatoire, le patriotisme mobilise les énergies. Et qui, d'abord, a financé le développement de la Chine, sinon les Chinois de la diaspora, Hong Kong, Singapour, Taiwan… ?

De retour chez lui, le voyageur ne peut que trouver suicidaires l'autodénigrement français et le recul du sentiment européen.

Mondialisation, communication, dématérialisation… Les rengaines de la modernité n'y font rien. L'espace, un espace tangible, lieu de la volonté commune, demeure le premier levier de l'action.

Une histoire de familles

On aurait pu croire que la famille n'avait pas résisté aux assauts conjugués de la rationalité économique, de la finance anonyme, de la concentration… On aurait pu penser qu'elle n'avait plus sa place dans le *monde moderne*.

Erreur.

Pas de meilleur espace qu'une famille pour réunir et former la main-d'œuvre, organiser le travail, motiver les travailleurs (parfois plus durement qu'à l'usine) et se répartir les bénéfices (sans garantie d'équité, notamment entre les générations). Pas de meilleure unité de production pour échapper aux contraintes d'investissements capitalistiques trop lourdes et pour s'adapter avec souplesse aux aléas de la conjoncture.

En Afrique, en Ouzbékistan et dans le delta du Nil, c'est la famille qui sème, cultive et, avec l'aide des enfants, récolte le coton. C'est cette main-d'œuvre gra-

tuite qui, bien souvent, permet de résister à la concurrence. Aux États-Unis même, l'unité de base reste
souvent l'exploitation gérée par un père et ses enfants.
En Chine, la frénésie du textile est née dans les ateliers
familiaux qui demeurent, prospèrent et s'étendent à côté
des grandes entreprises. Et si tant de jeunes viennent
embaucher dans les industries des régions côtières,
c'est pour venir en aide à leurs familles restées dans
le fin fond des campagnes : ils leur envoient souvent la
moitié de leur salaire, compensant quelque peu le trop
criant déséquilibre de richesses entre ces deux parties
du pays-continent.

Quant au négoce, il reste, pour une large part, une
affaire de famille, grâce aux réseaux de fidélité et
d'informations tissés depuis des lustres par des générations et des générations. Familles élargies, familles
parfois conflictuelles mais bel et bien des familles :
Dunavant (États-Unis, Australie), Louis-Dreyfus
(France, Belgique), Reinhart (Suisse), Weill-Brother
(États-Unis, Grande-Bretagne), Plexus (dirigée par
deux frères)…

Sur le champ de l'agriculture comme ailleurs, les
firmes multinationales tentent d'imposer leur loi. Mais
les familles, plus qu'ailleurs, bataillent. De ce combat
dépend ce qu'il reste d'humanité à notre planète.

Une histoire où le temps joue le premier rôle

Le temps ne nous lâche pas. Arrivé avant nous et
destiné à nous survivre, c'est notre partenaire obligé.

De nos relations avec lui, confiantes ou conflictuelles, attentives ou négligentes, va dépendre la qualité de notre vie.

Cette vérité d'évidence pour les individus s'applique aussi aux sociétés. Telle est l'une des premières leçons apprises sur la route du coton.

Chez la plupart des planteurs africains rencontrés, l'espace s'est étendu : des nouvelles de la planète entière arrivent chaque jour au village, à travers la radio ou la télévision. Mais le temps, pour eux, reste un cercle. Il tourne sur lui-même. La saison des pluies suit la saison sèche et les années se succèdent. On craindra les catastrophes (climatiques ou guerrières). On espérera quelque mieux (financier ou technique). L'idée de progrès, c'est-à-dire le sacrifice joyeux du présent à l'avenir, ne joue guère ici de rôle.

Curieusement, les gros paysans du haut Texas m'ont paru, malgré leurs machines et leur opulence, très semblables de par leur relation au temps. Peu d'esprit de conquête, tout petit appétit pour le lendemain. On engrange les subventions et on fait le dos rond, rond comme l'éternel retour. Rond comme l'autruche qui, pour ne pas voir l'ennemi, enfouit sa tête dans le sable.

Autre univers mental au Brésil, où le seul dieu s'appelle Futur (souvent prénommé Argent : pour le voyageur non linguiste, les deux appellations paraissent là-bas interchangeables). On comprendra que ce pays soit le paradis de l'entreprise. Dans cette mythologie particulière, le passé ne pèse rien ; et le futur, à qui certains trouvent une frappante ressemblance avec le redoutable poisson fluvial piranha, est d'une telle voracité que, non content de se soumettre le présent pour mieux l'avaler, il pourrait bien finir par se dévorer lui-même. Ainsi, sans vergogne, est mangée l'Amazonie, premier réservoir mondial d'arbres, c'est-à-dire de temps. Ainsi, sans précaution, est chamboulée la génétique, premier conservatoire des identités.

En Chine, la passion pour l'avenir n'est pas celle du nouveau riche. Si l'on veut tant l'argent et la puissance, c'est qu'on les a déjà connus. La guerre n'est pas la même quand on bataille pour retrouver. Les Grecs ne s'agitaient pas au hasard sous les remparts de Troie. Ils venaient chercher quelqu'un qu'ils connaissaient, une certaine Hélène. La présence, en soi, d'un grand passé confère à la conquête plus de tranquillité profonde. Je veux dire : plus de force.

Ce rôle premier du temps, les amoureux du marché veulent le nier. Dans toute l'histoire, les économies nationales furent d'abord protégées par des barrières douanières. Tel était le rôle d'un protectionnisme dit « éducatif ». On ne les laissa affronter la concurrence qu'une fois adultes. C'est-à-dire fortifiées. Ce répit est aujourd'hui interdit. La mondialisation qui annule l'espace veut aussi tuer le temps. Peut-être que le renchérissement du prix de l'énergie, en redonnant un vrai coût aux transports, redonnera de la réalité à l'espace et ressuscitera le temps.

Les coulisses de la douceur

Qu'il plante, désherbe ou récolte, le paysan du coton n'a pas la vie facile. Dans beaucoup de pays, l'aide de machines lui est refusée. Longues, si longues sont les journées dans les champs. Et meurtriers pour les doigts ces gestes mille fois répétés d'arracher le coton blanc à la coque de feuilles séchées, donc coupantes. Et innombrables les enfants enrôlés de gré ou de force dans ces très épuisants labeurs.

Qu'ils égrènent, tissent, filent ou confectionnent, l'ouvrier, l'ouvrière du coton n'ont pas un meilleur destin. D'année en année, les cadences s'accélèrent sans que progressent vraiment les salaires.

Et pourtant, chaque année, des millions et des millions de candidats accourent de partout pour se mettre au service du coton. Il faut croire que, dans d'autres secteurs, l'existence est plus pénible encore.

Je me souviens du début, tout début de l'histoire : « Un homme qui passe remarque un arbuste dont les branches se terminent par des flocons blancs. On peut imaginer qu'il approche la main. L'espèce humaine vient de faire connaissance avec la douceur du coton. »

Deux mille ans plus tard, la première leçon d'un tour du monde est celle-ci : sur terre, la douceur est une denrée rare, et chèrement payée.

Gratitude

Mille mercis.

Un tel périple aux pays du coton qui vous transporte d'un bout à l'autre de la planète ne peut s'entreprendre sans complices. Sans eux, sans leur savoir, sans leur confiance, le voyageur se promène en aveugle. Il saute de peuple en peuple et d'un continent à l'autre sans rien y comprendre.

À vous tous, merci.

Merci d'abord à Joël Calmettes, réalisateur. C'est ensemble que nous avons parcouru la planète. C'est ensemble que nous avons mené l'enquête. C'est lui qui a réalisé le film tiré de nos voyages : *Sur les routes du coton* (première diffusion Arte). Merci à sa fraternité. Merci à son œil.

Merci à Pascal Lamy. Avoir, depuis si longtemps, un ami de cette haute vigilance vous contraint sans cesse à regarder la planète telle qu'elle est, sans illusion mais sans résignation.

Merci à l'équipe de la société Dagris. Son président, Gilles Peltier, m'avait proposé de rejoindre son comité d'éthique. Avant d'accepter, j'ai préféré mener mon enquête. Il m'a grand ouvert les portes. Merci à Pierre-Henri Texier, à Didier Mercier, à Jean-Pierre Derlon et à Christelle Ducœur. Merci surtout à Reynald Evangelista. La principale richesse d'un voyage, ce sont les amis nouveaux dont il vous fait cadeau. Reynald fut le premier d'entre eux. Merci à sa science (si diverse et si modeste) et à sa générosité permanente.

Merci à tous les autres.

Principalement Christophe Guillemin, Christian Berger, Gérald Estur, Denis Simonneau, Benoît Lesaffre, Anne Hébert, Michel Déat, Mamadou Youssouf Cissé, François Traoré, Aminata Traoré, Bo Chen, Catherine Pannetier, Jean-Jacques Sevilla, Nicolas Normand, Jean-Yves Empereur.

Merci, comme toujours, à la fée Charlotte (Brossier), précieuse amie des nomades de ma sorte, par ailleurs inlassable défricheuse des manuscrits impossibles.

Merci à Hélène Guillaume qui sait comme personne transformer les textes en livres.

Et merci à François Cheng. Il faut le voir écrire de quelques traits « coton » ou « chaussette » pour comprendre que la calligraphie est une manière de dressage : la seule cage où accepte de se laisser enfermer la diversité du monde.

Bibliographie (très) résumée

Depuis deux siècles, on a dû plus écrire sur le coton que sur Napoléon. Un choix, sévère et injuste, s'impose.

Parmi tous les ouvrages généraux, je recommande quatre titres :

– Une introduction claire et plaisante : *Le Coton*, Bruxelles, Éditions Marabout, 1970.

– L'amusant (et instructif) récit d'Antoine Zischka, *La Guerre secrète du coton*, Paris, Payot, 1934.

– Une belle et riche promenade : Jacques Anquetil, *Les Routes du coton*, Paris, Lattès, 1999.

– Une enquête implacable (car magnifiquement documentée) : Jean-Pierre Boris, *Commerce équitable ; le roman noir des matières premières*, Paris, Hachette littérature, 2005.

– Et le plus récent et le plus vivant : Stephen Yafa, *Big Cotton*, New York, Viking, 2005.

Sans oublier *la* bible des botanistes « cotonophiles » : Georges Parry, *Le Cotonnier et ses produits*, Paris, G.P. Maisonneuve et Larose, 1982.

Et les publications de l'ICAC (International Cotton Advisory Committee), toujours remarquables et souvent signées par Gérald Estur.

Philippe Chalmin, professeur associé à l'université Paris IX Dauphine, est sans conteste le meilleur connaisseur français des matières premières. Sa revue Cyclope donne chaque année des informations précieuses.

Sur l'Afrique

Le Livre blanc sur le coton. Négociations internationales et réduction de la pauvreté, sous la direction d'Éric Hazard, Enda Tiers Monde, Dakar, Prospectives Dialogues politiques, 2005.

Sur le Brésil

« Quand le Brésil deviendra la ferme du monde », supplément du journal *Le Monde*, 24 mai 2005.

Sur les États-Unis

Le livre précité de Stephen Yafa, *Big Cotton*, donne toutes les informations (et la bibliographie) nécessaires.

Sur l'Égypte

C.H. Brown, *Egyptian Cotton*, Londres, Leonard Hill Limited, 1953.

Le petit livre de Jean-Yves Empereur, *Alexandrie. Hier et demain*, Paris, Gallimard, 2001, est une mine d'érudition joyeuse. De même que la très belle promenade de Daniel Rondeau, *Alexandrie*, Paris, Nil Éditions, 1997.

Et ceux qui, tombés sous le charme d'Alexandrie, veulent en savoir plus plongeront avec délices dans les deux épais volumes de Robert Illbert, *Alexandrie 1830 1930*, Le Caire, Institut français d'archéologie orientale, 1996.

Sur l'Ouzbékistan

Les spécialistes ou ceux qui veulent le devenir consulteront les (rares) documents rédigés par les missionnaires de la Banque mondiale.

Sur ce pays, une très bonne vue d'ensemble : Catherine Poujol, *Ouzbékistan*, Paris, Belin, 2005, et, portant le même titre, un guide précieux écrit par C. Macleod et B. Mayheu, Genève, Olizane, 2004.

Sur la Chine

Il ne se passe de jour sans que paraissent dix articles sur ce pays, dont cinq sur son industrie textile.

Pour synthétiser ces informations, rien ne vaut le bel essai d'Erik Izraelewicz, *Quand la Chine change le monde*, Paris, Grasset, 2004.

Table

Erik Orsenna
dans Le Livre de Poche

Les Chevaliers du subjonctif   n° 30536

Il y a ceux qui veulent gendarmer le langage et le mettre à
leur botte, comme le terrible Nécrole, dictateur de l'archi-
pel des Mots, et la revêche Mme Jargonos, l'inspectrice
dont le seul idéal est d'« appliquer le programme ». Et
puis il y a ceux qui ne l'entendent pas de cette oreille,
comme Jeanne et Thomas, bientôt traqués par la police
comme de dangereux opposants… Leur fuite les conduira
sur l'île du Subjonctif. Une île de rebelles et d'insoumis.
Car le subjonctif est le mode du désir, de l'attente, de
l'imaginaire. Du monde tel qu'il devrait être…

Dernières nouvelles des oiseaux   n° 30773

Ce soir-là, le président présidait une remise de prix au
lycée de H. Dès le cinquième très bon élève, il bâilla.
Tandis que se poursuivait l'éprouvante cérémonie, l'idée
arriva dans son cerveau et, s'y trouvant bien sans doute,
commença de germer. Une idée simple, une idée scandaleuse. D'accord, il faut récompenser les très bons élèves,
mais pour quelle raison ceux que je vois ce soir monter
un à un sur la scène sont-ils tellement ennuyeux ? […]
Pourquoi ne pas couronner d'autres enfants, des talents
cachés, des passionnés qui explorent sans relâche, qui
ne supportent que la liberté, que les devoirs qu'ils se
donnent eux-mêmes ?

Une île au large de la Bretagne. Des étés charmeurs, la vaste étendue bleue saupoudrée de rochers roses… Et puis un jour, dans ce paradis, arrive un jeune homme, Gilles, qui a accepté une mission impossible : traduire en français *Ada ou l'Ardeur*, le chef-d'œuvre… intraduisible de Vladimir Nabokov. Impatience de l'éditeur, pressions d'un écrivain génial et insupportable… Ce sont finalement les voisins, les amis de passage, qui, sous l'impulsion d'une dame attendrie, vont entreprendre de venir en aide au malheureux traducteur. S'ensuivront deux étés d'aventure au cœur des mots.

« Elle était là, immobile sur son lit, la petite phrase bien connue, trop connue : Je t'aime.
Trois mots maigres et pâles, si pâles. Les sept lettres ressortaient à peine sur la blancheur des draps. Il me sembla qu'elle nous souriait, la petite phrase.
Il me sembla qu'elle nous parlait :
– Je suis un peu fatiguée. Il paraît que j'ai trop travaillé. Il faut que je me repose.
– Allons, allons, Je t'aime, lui répondit Monsieur Henri, je te connais. Depuis le temps que tu existes. Tu es solide. Quelques jours de repos et tu seras sur pied.
Monsieur Henri était aussi bouleversé que moi. Tout le monde dit et répète " Je t'aime ". Il faut faire attention aux mots. Ne pas les répéter à tout bout de champ. Ni les employer à tort et à travers, les uns pour les autres, en

racontant des mensonges. Autrement, les mots s'usent. Et parfois, il est trop tard pour les sauver. »

Histoire du monde en neuf guitares   n° 15573

Tout commence dans la boutique d'un luthier, avec l'arrivée d'un jeune homme désireux de vendre une guitare. L'artisan va le dissuader et lui conseille d'apprendre d'abord à mieux connaître cet instrument magique… C'est le début d'un long voyage parmi les siècles et les civilisations.

Longtemps   n° 14667

Il était une fois Gabriel, un homme marié et fidèle. Pour fuir les tentations, il se consacrait exclusivement à son métier de paix et de racines : les jardins. Que Dieu soit maudit et tout autant célébré dans les siècles des siècles ! Par jour de grand froid, une passion arrive à notre Gabriel. Elle s'appelle Élisabeth, c'est la plus belle femme du monde. Hélas, deux enfants l'accompagnent et un époux l'attend : commencent le miracle et la douleur de l'adultère durable. Non les frénésies d'une passade, mais trente-cinq ans d'un voyage éperdu à Séville, Gand et Pékin. Voici le portrait de cet animal indomptable et démodé : un sentiment.

Madame Bâ   n° 30303

Pour retrouver son petit-fils préféré qui a disparu en France, avalé par l'ogre du football, Madame Bâ Marguerite, née en 1947 au Mali, sur les bords du fleuve

Sénégal, présente une demande de visa. Une à une, elle répond scrupuleusement à toutes les questions posées par le formulaire officiel 13-0021. Et elle raconte alors l'enfance émerveillée au bord du fleuve, l'amour que lui portait son père, l'apprentissage au contact des oiseaux, sa passion somptueuse et douloureuse pour son trop beau mari peul, ses huit enfants et cette étrange « maladie de la boussole » qui les frappe…

Mésaventures du Paradis,
mélodie cubaine, photographies de Bernard Matussière,
Éditions du Seuil, 1996.

Histoire du monde en neuf guitares,
accompagné par Thierry Arnoult, roman, Fayard, 1996.

Deux étés,
roman, Fayard, 1997 ; LGF.

Longtemps,
roman, Fayard, 1998 ; LGF.

Portrait d'un homme heureux, André Le Nôtre,
Fayard, 2000.

La grammaire est une chanson douce,
Stock, 2001.

Madame Bâ,
roman, Fayard/Stock, 2003.

Les Chevaliers du subjonctif,
Stock, 2004.

Dernières nouvelles des oiseaux
Stock, 2005.

Portrait du Gulf Stream,
Éditions du Seuil, 2005.

Composition par Asiatype

Achevé d'imprimer en octobre 2007 en Espagne par
LIBERDUPLEX
Sant Llorenç d'Hortons (08791)
Dépôt légal 1re publication : novembre 2007
Numéro d'éditeur : 91721
LIBRAIRIE GÉNÉRALE FRANÇAISE
31, rue de Fleurus – 75278 Paris Cedex 06

31/2194/4